TAPIR
Verlag
Autorengenossenschaft

Bernhard Dickhut / Martin F. Risse

Brechmann

Eine westfälische Kriminalgeschichte

TAPIR-Verlag

Originalausgabe
CIP-Kurztitelaufnahme der Deutschen Bibliothek
Bernhard Dickhut / Martin F. Risse
Brechmann
Eine westfälische Kriminalgeschichte
Dortmund: TAPIR Verlag 1989
ISBN 3-923223-11-0

Umschlag: Klauspeter Sachau
Satz und Druck: Montania GmbH, Dortmund

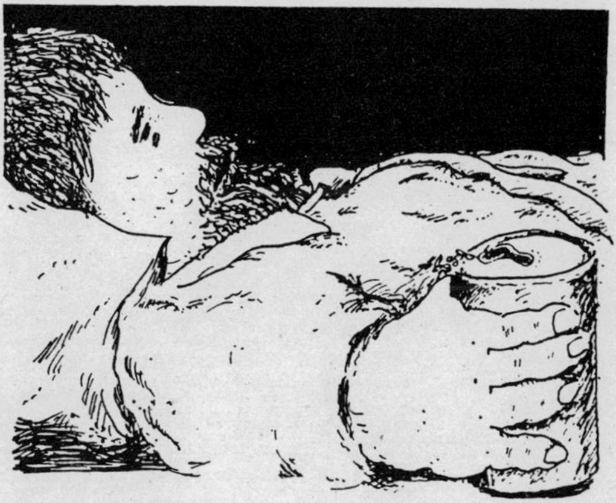

Er lehnte sich zurück. Ein Lächeln lag auf seinen Lippen. Der Schaukelstuhl wiegte hin und her. Brechmann nahm einen Zug aus einer Dose Bier und schloß dabei seine graublauen Augen. Er machte mit seinen 37 Jahren einen ungelenken Eindruck und trug zudem noch einen imposanten Bauch vor sich her. Deshalb versuchte er sich stets so zu bewegen, daß jeder Mann seinen Bauch, den er in langen Biergelagen mühevoll geschaffen hatte, unterschätzte. Ein völlig aussichtsloses Unternehmen.

Wenigstens hatte er eine Möglichkeit gefunden, sein Doppelkinn zu verbergen, indem er sich einen dunklen Kinnbart wachsen ließ. Dieser wirkte im Gegensatz zu seinen Kopfhaaren fast nie fettig.

Brechmann fühlte sich nicht als Freund schöner Dinge. Jedenfalls liebte er nicht das, was für schön gehalten wurde. Das haßte er sogar. Wie er die Harmonie verachtete, liebte er die Dissonanz. (Das traf aber nicht auf seinen Musikgeschmack zu. Sein Lieblingsinterpret war Tony Marschall.) In diesem Sinne mühte er sich darum, seinen Körper total zu verkorksen. Besonders stolz war er auf seinen Kinnbart, der ihn jedoch noch mehr verschandelte und wie ein fettiger Pelz an seinem inzwischen dreizügiges Unterkinn klebte.

Das ist es, Werner Brechmann, das ist es. Das und nichts anderes. Bleib einfach nur im Schaukelstuhl

sitzen, Werner Brechmann, und tu nichts anderes. Schließ die Augen, Werner Brechmann, Du mußt sie nicht offen halten. Es kann Dir nichts entgehen: Kein im Wind wehender Grashalm, kein blauer Fleck auf blauem Hintergrund, kein blondes Haar auf der falschen Schulter, kein Auto, an dessen Tür noch Sand oder Gras von heimlichen Rendezvous klebt, keine Hand im falschen Schritt.
Denk nicht daran, was im Kühlschrank liegt:
200 g Rindsgulasch, pikant zubereitet in der Dose; vier leckere Stücke SWK-Torte und mindestens noch sieben Dosen Bier – das gute Obergärige. Das alles geht Dich im Moment nichts, aber auch gar nichts an, Werner Brechmann, laß es liegen, denk nicht daran.*

Sein Magen rumorte wie eine Wasserspülung aus der guten alten Zeit. Seine Zunge belappte die noch trockenen Lippen.

Auf einmal war es wieder da, dieses Gefühl. Er spürte ihn wieder – diesen unangenehmen Druck auf der Blase. Dieses Verlangen seines Schwanzes zu pinkeln. Dieses penetrante Gefühl, das ihn aus den schönsten Träumen so erbarmungslos herausreissen wollte.

Bleib sitzen, Werner Brechmann, bleib sitzen! Es ist so wohlig, zu wohlig. Hosen hast Du noch genug.

*Schwarzwälderkirschtorte

Genieße dieses Feeling, laß Dich treiben, Werner Brechmann. Laß alles heraus, Du kannst es.

Er entspannte sich am ganzen Körper, und besonders die Gegend in der Körpermitte dankte es ihm.

FREIE BAHN FÜR FREIE BLASEN

Es schellte.
Immer schellte es in den feuchtfröhlichsten Momenten.
Brechmann blieb sitzen.
Es klingelte erneut.
Behutsam hob er seinen mächtigen Bauch aus dem Schaukelstuhl und faßte sich mit seiner eher zierlichen Hand durch die Hose an sein Glied. Zeigefinger und Daumen umfaßten es und drückten zu.

Dicht bleiben, Werner Brechmann, dicht bleiben, kein Tropfen verläßt den Schniepel.

Inzwischen schellte es schon das dritte Mal innerhalb weniger Minuten.
Wahrscheinlich dreimal dieselbe Person, kombinierte Brechmann messerscharf.
"Ja, ja, schon gut, ich hab's ja schon mitgekriegt", rief er ärgerlich.
Vorsichtig bewegte er sich durch den Korridor zur Tür. Brechmann hatte sie kaum zur Hälfte geöffnet, als der Besucher schon zu reden anfing.

2

“Guten Tag, mein Name ist Tasse, Borg Tasse – genauer gesagt”, ein rundlicher Mann etwa fünfzig stand vor ihm. Grauer Mantel, graue Hose, schwarze Schuhe, grauer Hut, grauer Typ – grauer Alltag. Tasse nahm den grauen Hut von seinem Kopf und zerknautschte ihn vor seiner Brust.

Wenigstens keine grauen Haare zum grauen Typ. Nein, eine kahle Glatze zum kahlen Typ, Quatsch zum nervösen Typ. Aber das sind sie ja alle, die zu mir kommen.

“Hereinspaziert”, sagte Brechmann, während er von einem Bein auf‘s andere trat.
“Kommen Sie schon! Wir können uns in meinem Büro unterhalten. Sie müssen wissen, eine Treppe tiefer lebt ein kauziger alter Mann, der muß nicht alles mitkriegen, was wir besprechen.”
“Gibt es irgendwelche Probleme, die man zu dritt besser lösen kann?” tönte es auch prompt aus dem Treppenhaus.
“Alles in Ordnung, Herr Kress”, rief Brechmann und warf die Tür vor dem heranstürmenden Kress ins Schloß. Der kesse Kress, wie Brechmann ihn immer in Gedanken nannte, neigte dazu, sich in Alles und Nichts einzumischen. Seine zudringliche Art tötete Brechmann oft den letzten Nerv.

Tasses Unruhe wurde noch größer, als er den zappelnden Brechmann ansah.

Dieser, beide Hände im Schritt, führte ihn mit einem schmierigen Lächeln in einen Raum, den er gern sein Büro nannte.

Du schaffst es, Werner Brechmann, du schaffst es. Du läßt dich nicht von deiner Blase knechten. In deinem Körper bist immer noch Du der Chef, Werner Brechmann.

Das Zimmer war karg eingerichtet. Ein weißer, neuer Schreibtisch (Schleiflack, Preßholz, günstig, nur die Schubladen gingen nicht – aber wer braucht denn hier Schubladen, hatte der Verkäufer Brechmann gefragt), ein schwarzer Drehstuhl und an der Wand ein etwas schiefer Stahlschrank, der so aussah, als sei er übersät mit Akten, Notizen oder sonstigen Unterlagen. In Wirklichkeit war fast nichts in diesem Schrank, mit Ausnahme einer kleinen Gummifigur: Donald Duck.
Lediglich ein Zettel auf dem Schreibtisch, auf dem eine Telefonnummer stand, verriet, daß sich in diesem Raum tatsächlich schon einmal jemand aufgehalten hatte. Ansonsten gab es noch weiße Wände, ein weißes Fenster, natürlich den schwitzenden Brechmann und den kahlen, grauen Tasse.
“Ach, Sie haben keinen Stuhl – einen Moment”, Brechmann stakste x-beinig hinaus, dann aber doch weiter zur Toilette.

Der klügere gibt nach, Werner, die Blase ist der Boß.

Genußvoll erleichterte er sich.

Da hilft kein Schütteln und kein Klopfen, in die Hose geht der letzte Tropfen.
Verdammt viel so'n letzter Tropfen.

Ein feucht-warmer Fleck machte sich auf seiner Hose breit, als er den Reißverschluß schloß.
Genüßlich schnupperte Brechmann an seinen Fingerspitzen.
Dann kehrte er fröhlich pfeifend mit einem alten Klappstuhl zu Tasse zurück.
"Also, was führt Sie zu mir?"
Tasse ließ sich zunächst einmal vorsichtig nieder. Offensichtlich fühlte er sich auf seinem Stuhl gar nicht so recht wohl. Außerdem schien er etwas an der Nase zu haben. Oder in der Nase? "Na, schiessen Sie schon los", Brechmann nickte mit dem Kopf.

Was kann schon kommen, alter Junge, Du wirst es doch rauskotzen können, kahler Grauer.

"Na – so – naja, einfach reden, meinen Sie", Tasse rümpfte die Nase.
"Ach, Sie können sich ja noch einen Moment sammeln", schlug Brechmann vor, als er auf die Nase seines Besuchers sah, mit der dieser wie ein Karnickel schnupperte. Brechmann verschwand

aus dem Zimmer und mit ihm der beißende Uringeruch. Das Feuchte in der Hose war unangenehm kühl geworden. Einige Augenblicke später erschien der Detektiv mit relativ frischer Hose.
“Also”, setzte Tasse ein und errötete leicht, “die ganze Geschichte ist mir etwas peinlich, und vielleicht denken Sie, ich hätte eher einen Arzt nötig, einen Psychoanalytiker genauer gesagt.”

Er machte ein ernstes Gesicht, zog den Kopf zurück in den Nacken und bildete dadurch ein Unterkinn, das er mit seiner linken Hand verdeckte. Gesprächspause.

Jetzt kommt's, jetzt das Wichtige – mach die Pause nicht zu lang, kahler Grauer. Mensch, Werner Brechmann sitzt vor dir. Dem kann man doch alles sagen. Spuck schon raus, wie's dir ergangen ist, als du sie beobachtet hast, wie sie mit 'nem anderen gevögelt hat. Hat's dich geil gemacht? Na gib's schon zu. Spuck's raus und sag mir, was zu tun ist.

“Na”, Tasse holte Luft, “kurz gesagt: Ich werde verfolgt – seit vorgestern – ich werde verfolgt – beobachtet auf Schritt und Tritt – und das nicht einmal heimlich – nein ganz offen – der zwinkert mir sogar zu – öffnet mir die Wagentür, die rechte, genauer gesagt – ich hab ihn angeschrien – was der will – aber der – der lacht nur – lacht – macht die Tür auf und lacht.”

Tasse hatte die ganze Zeit vor sich auf den Boden geschaut. Jetzt sah er auf und schwieg. Er schien erschöpft und sah inzwischen wie ein sechzigjähriger aus.

Na, was ist denn das für ein Fall. Wie im Fernsehen. Derrick raus – Brechmann rein in die Kiste, ohne Langeweile geht's auch.

Tasse sah wieder auf den Boden.
“Ich bin fertich – völlig fertich – total am Ende – ein Wrack – schon nach zwei Tagen – nachts – wache ich auf – glaube, der ist im Kleiderschrank – denke, wenn ich die Tür aufmache, die Kleiderschranktür, genauer gesagt, dann lächelt der – das macht mich wahnsinnig.”
Brechmann stopfte sich ein Kaugummi in seinen Rachen.
“Ist das immer die gleiche Figur?”
“Nein – nein – der eine ist groß und dünn – eine Bohnenstange – der andere ist kleiner und rundlicher – aber nicht dick – die Bohnenstange kommt immer tagsüber - die lächelt – das macht mich fertig”, er stockte.
“Fertick?”
“Ja – fertich.”
Jetzt nickte Brechmann zufrieden: “Weiter!”
“Der andere ist nicht so auffällig – kommt auch nur abends – wechseln sich immer ab – Tag für Tag.”
“Keine Idee, was dahinter steckt?”

Tasse sah wieder auf und schüttelte den Kopf. "Was glauben Sie denn? Schließlich sind Sie der Detektiv – nicht ich – keine Ahnung. Deshalb komme ich ja zu Ihnen. Sie sollen genauer gesagt herauskriegen warum Vielleicht geht's dann zu Ende."
Brechmann sah Tasse an und hob seine Rechte. Er machte eine Handbewegung mit Daumen und Zeigefinger, die er gegeneinander rieb. Tasse nickte nur verstört und schien sich darüber keine Gedanken zu machen.
"Sie haben recht. Das ist mein Job", sagte Brechmann nur. Tasse schien zufrieden und stand auf, um das Büro zu verlassen.
Eine Hand hielt ihn auf. "Klar ist das mein Job. Aber ohne Ihre Hilfe ist das ein verdammter Schweinejob. Entweder bleiben Sie hier sitzen, oder es läuft nichts. Das bedeutet für Sie: Kein Geschäft mit dem besten Schnüffler vom Revier."
Brechmann war ärgerlich.

Eben noch ging es Dir so gut, und jetzt kommt einer und nimmt Dir Deine schönsten Augenblicke. Da muß wenigstens die Kasse stimmen.

Er legte eine ruhigere Gangart ein, als er seine Rede fortführte. "Sie wissen, je weniger ich weiß, desto länger muß ich forschen. Je länger ich forsche, desto teurer wird's für Sie. Ich hab mein Einkommen, Sie Ihre Ausgaben."
Immerhin gelang es Brechmann noch, seinem

Besucher einige Informationen über seinen Lebenslauf aus der Nase zu ziehen. Erst dann quetschte sich Tasse an dem Bauch des Detektiven vorbei, strebte der Ausgangstür zu und verschwand.

3

Der Zettel auf dem Schreibtisch war noch immer weiß, der Kugelschreiber noch immer rot. Vor dem Schreibtisch saß Werner Brechmann und lehnte sich zurück. Er strich sich mit der Rechten über seinen runden Bauch.

Tasse wird verfolgt, weiß aber nicht warum. Ich auch nicht. Nimmt man meine letzten Aufträge, ist die Sache klar und das Geld leicht verdient:
Frau Tasse, vermutlich mindestens so unattraktiv wie Herr Tasse, ist eifersüchtig auf ihr Herzblatt, und der Detektiv hat auch schon ein Foto von mir und ihm. Brechmann als schwuler Ehebrecher. Die erstaunliche Karriere des Werner Brechmann vom Schnüffler zum Seitenspringer.

Er tat, was er am liebsten tat: Er lehnte sich zurück und schloß seine Augen (und ließ es laufen, diesmal aber nur die Gedanken).

Borg Tasse, uneingeschränkter Herrscher der Unterwelt, der König der dunklen Gestalten hat von Werner Brechmann gehört. Von dem Mann mit dem unfehlbaren Instinkt. Der wirklich einzige, der dem Superagenten seines Erzfeindes Claudio Crepaldi Paroli bieten kann. Ja, Werner Brechmann, Du wirst gebraucht, um die Unterwelt zu ordnen. Es führt kein Weg mehr an dir vorbei.

Er sah auf seine Notizen. Borg Tasse, 53 Jahre alt. Geboren am 05.05.1934 in Schifferstadt, Vater Kellner und Hobbyringer, Mutter nur Kellnerin. Sie lernten sich angeblich an oder auf der Matte kennen, hatten später einen eigenen Gastronomiebetrieb in Schifferstadt “Zur blauen Matte”. 1941 Einschulung, keine geregelte Schulzeit im Krieg. 1953 am Gymnasium in Schifferstadt Abitur. Danach Ausbildung zum Bankkaufmann, 1958 Eheschließung mit Therese Tousseau – Tassé, geb. Tousseau, wohnhaft in Dortmund.
Umzug nach Dortmund-Körne (ist ihm übrigens nie von seinem Vater verziehen worden, so nah zum Erzfeind aus Witten zu ziehen – KSV Witten. Aber Tasse hatte Brechmann sein Ehrenwort gegeben: Seit der Zeit in Schifferstadt habe er sich nie wieder einen Ringkampf angesehen.), keine Kinder, ruhiges normales Eheleben bis zum 20.08.1987 (übrigens der Tag des heiligen Kreuzritters Bernhard von Clairvaux), ab da verfolgt. Heutiges Datum, Montag, der 24.08.1987. Eifersucht?

Brechmann gähnte.
Eifersucht.
Ei – ver – sucht.
Ei – verflucht. Er beschloß, nicht weiter zu philosophieren, sondern stattdessen munter ans Werk zu gehen. Voller Tatendrang eilte er zum Kühlschrank, holte zwei Dosen Bier heraus und zischte beide im Stehen weg.
Er sah auf die Uhr.

Noch Zeit genug für einen ausgiebigen Nachmittagsschlaf.

Am Abend würde er weitersehen.

4

Die Zeit 18.55 Uhr.
Die Abendluft war angenehm. Brechmann saß in seinem Renault Alpin, silbermetallic. Der Wagen war ausgestattet mit allen Raffinessen. Sechs aufgeblendete Scheinwerfer hatten ungefähr die Wirkung wie das Flutlicht im Westfalenstadion. Ein Stereoturm mit der Wattleistung einer Kleinstadtrockband ließ den Wagen zu einer rollenden Discothek werden, natürlich nur, wenn andere MC's gespielt

würden. Nach Tony Marshall tanzten die jungen Dinger ja nicht mehr. Die Spur des Wagens hatte Brechmann verbreitern lassen (Daß der Wagen bei Verfolgungsjagden besser liegt, hatte er dem verdutzten Monteur erklärt).

Im schnittigen Schalensitz saß der Fahrer und Besitzer des Wagens. Er trug eine spiegelnde Sonnenbrille, deren Halter sich durch die buschigen Koteletten zum Ohr durchbeißen mußten. Die Sonnenbrille trug er immer, wenn er im Alpin saß. Auch nachts! Er dachte an nichts, er war noch zu müde.

Die Konkurrenz hatte sich gegenüber von Tasses Haus aufgebaut. Auf einem blauen Mercedes 200 Diesel saß ein junger dynamischer Mann, die Nachtwache. Auch er schien nicht so munter zu sein, wie man es eigentlich von Detektiven erwartet. Von der Wachablösung war noch keine Spur, als bei Borg Tasse das Licht anging. Der Graue sah aus dem Fenster und zog seinen Kopf sofort wieder aus dem Blickfeld zurück. Ab und an konnte man eine Frau am Fenster vorbeilatschen sehen.

Die Wachablösung kam nur mit wenig Verspätung. Die beiden wechselten kaum Worte miteinander, nickten sich nur zu. Der erste stieg in seinen Mercedes, der zweite winkte zu Tasses Wohnung hinüber. Es war die Bohnenstange, dieser Plagegeist, der so an Tasses Nerven sägte und ihn zur Verzweiflung brachte.

Der andere Beschatter fuhr an, und in sicherem Abstand folgte ihm Werner Brechmann. Die Num-

mer des Mercedes hatte er sich notiert: DO – AD – 625. Sie fuhren quer durch die Stadt und kamen schließlich an einer Altbausiedlung in Dortmund-Huckarde an, wo der rundliche, aber dynamische junge Mann seinen Wagen parkte.
Er ging in das Haus August-Bebel-Str. 14a.
Brechmann wartete, bis in der ersten Etage links die Rolladen heruntergezogen wurden.
Dann stieg auch er aus seinem schnittigen Renault Alpin, betrat dasselbe Haus, stieg hinauf zur ersten Etage und las am Türschild den Namen Kurt Tafelmeier.
Die Zeit 19.30 Uhr.

So, Werner Brechmann, Feierabend. Die erste Hälfte der Arbeit des Tages ist getan. Wie zu erwarten war, gab es keine Probleme. Für Dich, Werner Brechmann ein Kinderspiel. Der Job ist schnell erledigt.

Während er zurück zu seinem Flitzer ging, holte er seine Sonnenbrille aus der Jackentasche, spuckte auf den Boden und setzte sich das Gestell auf die Nase. Einige Augenblicke später sprang der Renault an, und Brechmann fuhr zurück in sein Büro. Dort wartete leider nicht die kesse, heißblütige, wohlgeformte, dunkle Perle der Karibik auf ihn, auch nicht die kühle blonde Sexbombe, die äusserst spärlich bekleidet eine so gute Figur auf den Filmplakaten machte. Kein nettes Häschen war da, das mit ihm vögeln wollte, obwohl das doch eigent-

lich nach erfolgreichen Auftritten von Privatdetektiven zur Tagesordnung gehört.
Brechmann ging stattdessen an den Kühlschrank und befriedigte sich mit einer Dose kühlen Bieres. Erst als diese leer war, holte er die nächsten hervor.

5

Der Abend war wie im Rausch vergangen, und Brechmann hatte diesen am nächsten Morgen schon wieder ausgeschlafen. In der Nacht hatte es beständig geregnet, und dicke Tropfen hatten behaarlich versucht, durch Trommeln an die Fensterscheiben Brechmann am Schlaf zu hindern. Gelungen war es ihnen aber nicht. Brechmann hatte die ganze Nacht gut geschlafen.
Seine bunt geblümte Bettwäsche (er meinte immer, es seien Astern) hatte ihn von oben bis unten, von rechts bis links völlig zugedeckt. Nicht einmal sein Kopf lugte hervor.
Das Schlafzimmer war genauso spärlich möbiliert wie sein Büro. Ein Schrank, ein Bett, ein Spiegel.
Ein Sortiment von Hemden und Hosen war über den Boden verstreut, und eine Spinne hatte in einer Deckenecke ihre Fäden gesponnen. Brechmann hatte sie Bond getauft. Ein Name, meinte er, der

zum Fäden ziehen und Netze spannen verpflichtete, obwohl ihm gar nicht klar war, ob James jemals einen Faden gezogen bekommen oder ein Haarnetz getragen hatte.

Es war kurz nach 8 Uhr, als der Wecker rasselte. Brechmann hatte ihn Konstantin getauft (es gab da einen österreichischen Sänger, der mit ähnlich rüden Methoden versuchte, die Leute in Bewegung zu bringen). Nachdem Konstantin zu lärmen aufgehört hatte, sprang eine massige Gestalt, einem Elefanten gleich, ins Zimmer.

Brechmann stand nackt in einem Gewühl von Wäsche. Er griff nach einer Unterhose und hielt sie sich vor seine Nase. Auf diese Art und Weise pflegte er frisch gewaschene von frisch zu waschenden Unterhosen zu unterscheiden. Schon beim fünften Versuch erwischte er eine brauchbare und flugs schlüpfte er in diesen kleinen, schwarzen Spitzenslip. Brechmann bedeckte auch den Rest seines Körpers. Auf der Nase trug er die dunkle Sonnenbrille (womit dem kundigen Leser schon klar wird, welche Automarke gleich Erwähnung finden wird: ______________________________).

Er hatte auch nicht vergessen, seine Handschuhe einzupacken. Ehe er ging, besah er sich noch einmal im Spiegel. Wohnungstür auf, zu, abgeschlossen, Treppe hinunter, Haustür auf, zu.

Der Alpin wartete hingebungsvoll auf seinen Magier, seinen Meister, seinen Beherrscher.

Er heulte auf, wenn es verlangt war, ließ seine Räder

laufen, wohin sie der Gebieter laufen lassen wollte. In einiger Entfernung zu Tasses Haus blieb er stehen und wartete gemeinsam mit seinem großen Zampano.
Brechmann wollte ganz sicher sein. Erst als Tafelmeier erschien und sein Komplize – übrigens hieß der Jens Lodamann (die Adresse wird Brechmann am nächsten Tag genauso einfach erhalten, wie die seines Mitarbeiters. An dieser Stelle weiß der aufmerksame Leser – also der geübte Kriminalist – mehr als der begnadete Detektiv) verschwunden war, ließ Brechmann seinen Wagen Huckarde ansteuern.
Vor dem Haus Nummer 14 stieg er aus und schellte mehrmals an.
Keine Reaktion.
Erst als er sicher war, daß niemand im Treppenhaus war, stieß er die unverschlossene Haustür auf.

Ziemlich sorglose Leute hier, und das in dieser miesen Gegend.

Für die Wohnungstür hatte sich Brechmann einige Utensilien eingesteckt. Doch er benötigte lediglich einen kleinen, verbogenen Metallstift, den er oben in den Türrahmen steckte und zur Türklinke herunterzog.
Einige Bewegungen aus dem Handgelenk und schon stand die Wohnungstür einladend auf.
Brechmann schlüpfte in den fremden Korridor und

zog die Tür leise hinter sich zu. Langsam gewöhnten sich seine Augen an die Dunkelheit. Er spähte sicherheitshalber in alle Räume und stellte fest, daß er allein war.
Dann zog er Rollos hoch und sah sich um. Die Wohnung hatte zwei Zimmer, Küche, Bad, genauer gesagt, würde Tasse sagen, Wohnzimmer, Schlafzimmer, Küche, Bad. Sie war eingerichtet (für den erfahrenen Kriminalisten ist diese Tatsache fast völlig unerheblich, es sei denn, die Wohnung wäre überhaupt nicht eingerichtet. Das ließe einige Schlüsse zu – aber so?).
Das Wohnzimmer war durchgehend schick in Eichenfurnier auf Preßspan gehalten. Eine ungefähr drei Meter lange mächtige Schrankwand, links vom Fenster, ersparte die teure Grastapete. Jedoch stellte Brechmann bei genauerem Hinsehen fest, daß die Tapete dieser Wand doch nicht erspart geblieben war.
Eine grüne Tischdecke schmückte den Eichentisch, auf dem einige Magazine mit barbusigen Schönheiten den Detektiv anlockten.
Wie ein halber Kranz umschloß eine braune Cordgarnitur den Tisch. Brechmann zog es vor, sich nicht zu setzen.Im Schlafzimmer hielt sich der Schleiflack auf. Er verzierte ein riesiges Monstrum an Schrankwand (Brechmann achtete hier nicht auf die Tapete) und ein großes Doppelbett, das irgendwie in den Rest des Zimmers gequetscht worden war.
Brechmann schob sich und seinen Bauch zurück in

den eichenen Wohnraum. Die vergilbten Gardinen hingen bis zum Boden und verhinderten den Ausblick auf Huckardes Skyline. Der Detektiv begann, die Schränke zu durchsuchen. Tassen, Teller, Gläser, Fotoalben, Kaffeekannen, eine gute Auswahl an Getränken. Sonst nichts.
Neben Fernseher und Stereoturm stand ein kleiner Schreibtisch.
Kugelschreiber, Schreibmaschine, Briefe.
Die Briefe waren ausschließlich persönlicher Art und von einer gewissen Brigitte. Auf einem Zettel fand der Detektiv die Notiz: 7.00 – 19.00.
Im gleichen Fach des Schreibtisches lag eine Personenbeschreibung von Tasse, ein Foto, das ihn am Bankschalter zeigte und eine genaue Zeiteinteilung für die Beobachtung. Außerdem zeigte ein weiteres Foto einen etwa 50 Jahre alten Mann mit leicht schütterem Haar. Er trug Jeans und ein kurzärmliges Hemd. Mit seiner rechten Hand tätschelte er einen Terrier. Der Terrier war jünger als der Mann und trug nur ein kurzärmliges Halsband aus Jeans. Auf einem weiteren Zettel war angegeben, was der kahle, graue Tasse während des Beobachtungszeitraumes alles unternommen hatte. Augenscheinlich bis auf einen Einkauf am Nachbarkiosk nichts.
Er wühlte weiter, fand aber nichts Interessantes mehr.
Als er das Foto von Tasse zurücklegen wollte, entdeckte er auf der Rückseite eine Telefonnummer. Brechmann griff zum Hörer und wählte. Nachdem

sich jemand gemeldet hatte, schrieb er sich den Namen Schürmann auf.
Als er gerade im Begriff war zu verschwinden, hörte er, wie jemand vor der Wohnungstür mit einigen Schlüsseln klimperte. Schnell sprang Brechmann ins Badezimmer hinter den Duschvorhang: Das einzige Versteck, das seinen Umfang verbergen konnte.
Eine Frau trat in die Wohnung.
Brechmann dachte nur: Brigitte.
Sie suchte etwas im Wohnzimmer, fand es und ging zur Toilette.
Brechmann versuchte, kaum zu atmen, während die Frau dieses um so geräuschvoller tat. Nach einiger Zeit verbreitete sich ein kräftiges Aroma, welches, gemischt mit dem würzigen Körpergeruch von Brechmann, dem Badezimmer eine pikante Duftnote verlieh. Endlich war sie erleichtert und verließ die Wohnung wieder. Brechmann auch.

6

Brechmann stieg aus seinem Alpin und schob sein Gewicht in die Höhe (seine Beinmuskulatur war zwangsläufig gut durchtrainiert). Er folgte seinem vorstehenden Bauch vorbei an allerhand Passanten zum Eingang der Praxis eines Dr. med. Peter

Schürmann. Brechmann schob die Tür auf und gelangte über einen langen Korridor zum Anmeldezimmer.
Die Sprechstundenhilfe war eine Blondine. Brechmann hatte plötzlich nur noch Augen. Automatisch zog er seinen Bauch etwas ein – sein beträchtlicher Umfang verringerte sich um stattliche acht Zentimeter.
Ihr Gesicht war zart, und die Konturen ihrer Brüste zeichneten sich auf ihrer weißen Montur verführerisch ab. Brechmann spürte seine schwitzenden Hände nicht. Betont ruhig und lässig schlenderte er auf die Eva zu.
"Na", sagte er nonchalant, nahm seine Sonnenbrille von der Nase und besah sich die Dame in aller Ruhe von oben bis unten. Er steckte dabei die Bügel der Brille locker zwischen sein Gebiß. Die andere Hand trug er ungeniert in Penisnähe in der Hosentasche.
Die Dame beachtete ihn nicht.
Brechmann rückte noch näher an den Schreibtisch der Lady heran.
Immer noch keine Reaktion.
"Also", begann Brechmann erneut und betont cool: "Wann hast du heute Feierabend?"
Die Blonde wandte sich lieber dem Telefon zu und nahm den Hörer ab.
Sie wählte in aller Ruhe.
Sie sprach mit dem Radiologen (Spezialist für Ultrakurzwelle, Mittelwelle und Mikrowelle).

Die Dame legte auf und sagte, ohne aufzublicken: “Bitte sehr?”
“Ich hab was an meiner Augenbraue”, begann Brechmann.
Endlich sah sie ihn an.

Du bist unwiderstehlich, Werner Brechmann, jetzt hast du sie, und sie kommt nicht mehr los von dir.

Er kniff sich mit der Rechten in seinen Penis, der die Lust – vermutlich war er zu tief eingepackt – noch nicht so richtig begriff.
“Noch was”, fragte die Dame.
Mit lässiger Gebärde zog er einen überdimensionalen Knopf aus seiner Tasche, den er an einem Bändchen trug.
“Kriminalpolizei”, behauptete er, “seit wann arbeiten Sie in dieser Praxis?”
“Seit vier Jahren”, antwortete sie sichtlich geschockt.
“Sagt Ihnen der Name Tasse oder Tafelmeier irgend etwas?”
Die Blonde überlegte. Nachdem sie auch noch gründlich in den Akten nachgesehen hatte, sagte sie: “Es tut mir leid, aber beide Namen sind nicht in unserer Kartei zu finden. Aber – um was handelt es sich eigentlich?”
In diesem Moment betrat der Arzt den Raum, und Brechmann verlor schlagartig jegliches Interesse an der Vorzimmermadonna.
Dr. med. Peter Schürmann war ein sonnenbankge-

pflegter, schlanker, gutaussehender Mann um die fünfzig. Ihm stand sein graues Haar ausgezeichnet. Er trug seinen Arztkittel offen wie ein Scheunentor und wandte sich sofort an Brechmann: "Schürmann, guten Tag."
"Brechmann, guten Tag, Sheriff."
"Wie bitte?"
"Schon gut, schon gut, kleiner Scherz. Aber sind Ihnen die Namen Tafelmeier oder Tasse geläufig?"
"Nein", antwortete er eine Spur zu schnell, und Brechmann glaubte, daß er bei der Erwähnung von Tasses Namen kaum merklich zuckte.
Das war's. Brechmann bedankte sich noch und verließ die Praxis. Nachmittags wählte er noch einmal die Nummer der Praxis. Der alte Trick, sich als Tasse vorzustellen, zog jedoch nicht. Der Arzt war die Ruhe selbst.
Brechmann entschied: Fehlanzeige.

7

Brechmann machte es sich sich am Schreibtisch so bequem, wie es der Stuhl zuließ. Ein Flasche Bier (die Dosen waren ihm ausgegangen) stand neben ihm auf dem Boden und wartete darauf, getrunken oder umgestoßen zu werden.
"Prost", sagte er und schon vollzog sich ein oft trai-

nierter Bewegungsablauf: während er den Oberkörper nach rechts drehte, verlagerte er sein Gewicht auf den rechten Fuß, mit dessen Hilfe er den Stuhl drehte. Dann ließ er seinen Oberkörper durch das Gewicht seines Bauches nach vorn und unten herüberwippen. Millimetergenau stoppte er den Kopf vor der Schreibtischkante ab, und gleichzeitig ergriff seine Rechte die Flasche Bier. Der Bauch war auf dem Oberschenkel gelandet. Durch die Wucht des Aufpralls wurde der Oberkörper wieder nach oben geschleudert, wo er sanft von der gut gepolsterten Rückenlehne aufgefangen wurde.
Er nahm einen kräftigen Zug aus der Flasche.
Die Telefonnummer, ständig fiel ihm die Telefonnummer wieder ein.

Du hast keine andere Spur, Brechmann.

Das Beschatten der Beschatter hatte die Schatten nicht verkleinert. Pünktliche Wachablösungen, Einkäufe, Fernsehen, durchschnittliche Sexualpraktiken. Kurzum es gab nichts außergewöhnliches.
Bliebe die Telefonnummer.
Die Reaktion des Arztes auf den Namen Tasse wollte ihm nicht aus dem Kopf.
Er griff zum Telefon und zum Bier.
Während er wählte, wuchtete er seine Beine auf den Tisch.
"Tasse"
"Wie geht's?"

“Hören Sie, wie lange sind Sie schon dran? Was kostet das? Was haben Sie gefunden? Wie geht es mir?”

Brechmann atmete noch einmal tief durch und trank die Flasche aus.

“Einen Moment, ich hole mir eben einen Öffner.”

“Wozu das schon wieder? Und wer bezahlt das?”

“Na, raten Sie mal!”

“Na raten Sie mal – wer ist hier eigentlich der Schnüffler?”

Brechmann legte den Hörer auf den Tisch und öffnete die nächste Flasche Bier.

“Hören Sie zu, Herr Tasse”, begann Brechmann ganz ruhig, “wenn ich Ihnen zu teuer werde, dann entlassen Sie mich. Ich mach Ihnen die Rechnung fertig, und dann hat sich das.”

Tasse zögerte zunächst, rechnete sich aber aus, daß es für ihn am besten sei, den Vertrag weiter zu führen. Erst dann stellte Brechmann seine Frage:

“Kennen Sie einen Herrn Peter Schürmann?”

Tasse machte eine vielsagende Gesprächspause und fuhr fort: “Nein – nie gehört – wie kommen Sie darauf?”

“Danke”, sagte Brechmann nur und legte auf.

Er öffnete sein Hemd und begann seine Bauchhaare zu kraulen.

Genüßlich schloß er seine Augen und dachte an die Blonde aus der Praxis. In Gedanken griff er ihr unter die Bluse und spürte ihre harten Brustwarzen. Seine Hand glitt herunter zu ihrem Bauchnabel.

Die Frau! Man muß es bei der Frau versuchen. Vielleicht weiß die mehr. Es geht voran, Werner Brechmann.

Brechmann knöpfte sein Hemd wieder zu und stand auf. Es war schon etwa 17.00 Uhr. Der Tag sollte gemütlich und nett beschlossen werden, bevor es am nächsten weiter ging. Er duschte sich, rasierte sich, deodorierte sich, aftershafte sich, parfümierte sich (Moschus – weil dann keine Frau nein sagen kann), intimsprayte sich und glaubte, gut gerüstet zu sein.
Ein frisch gebügeltes Hemd.
Eine saubere Hose.
Eine adrette Jacke.
Aber noch immer war es Werner Brechmann.
Er ging auf Rolle und wollte nicht zu früh und schon gar nicht allein zurückkommen.

8

Die Nacht war hart gewesen,sein Parfüm tatsächlich unwiderstehlich. Allerdings hatte sich die etwas ältliche Frau als Mann entpuppt. Brechmann war daher mutterseelenallein nach Haus geschwankt. Immer an der Wand lang.

Aber ohne zu klagen, war er ins Bett gegangen und hatte durchgeschlafen bis morgens um 11 Uhr, ohne von irgendwelchen feuchten Träumen heimgesucht zu werden, die ihn immer in eine seltsame Unruhe versetzten.
Kaum hatte er sich aus dem Bett (wie gesagt Astern) gequält, kämpfte er sich in die Dusche. Zunächst ein warmer gelber Strahl aus Brechmanns Körpermitte, dann ein satter kalter Strahl auf Brechmanns Körpermitte. Er trocknete sich notdürftig ab. Langsam, ganz langsam schlich er in sein Büro. Vorsichtig legte er den Hörer des Telefons auf sein Ohr.
Die blonde Lady in der Praxis meldete sich sofort.
Bei der Vorstellung, mit welcher Figur er telefonierte, seufzte er.
Seine Hand lag, verdeckt vom Bauch, in seinem Schritt und kniff.
“Ich möchte gern Frau Doktor sprechen.”
“Einen Augenblick bitte – ich verbinde.”
Und schon war die blonde Lady weg.
Pause.
Immer noch Pause.
“Schürmann”, meldete sich eine zarte Frauenstimme.
“Brechmann – ich hätte Sie gern gesprochen.”
“Kennen wir uns denn?”
“Nein – aber vielleicht haben wir einen gemeinsamen Bekannten: Borg Tasse!”
“Das könnte sogar sein. Nur habe ich schon sehr lange nichts mehr von ihm gehört.”

“Wann kann ich Sie treffen?”
“Schauen Sie doch mal im Laufe des Nachmittags herein. Ich bin zu Hause.”

9

Der Süden. Der schöne Süden. Der Süden ist schön. (Wer kennt sie nicht, die heißen Nächte in der Karibik, das Liegen am weißen Strand unter Kokosnüssen, braungebrannte Körper, über die man ständig nur so stolpert, tropische Nächte.) Auch der Süden von Dortmund ist näher dran am richtigen Süden. Nicht weit zum Sauerland. Der Süden von Dortmund ist besser, ruhiger, bürgerlicher, netter. Villen unter Kastanien.
Auch Brechmann fuhr hier langsam durch die Alleen mit Kirschbäumen. Rechts und links der Bürgersteige, hinter Hecken, Ziergärten und Zäunen mit Selbstschußanlagen säumten Villen und Eigenheime die Straßen. Keine Straßenbahnen, keine hastenden Menschen: hier ist eine andere Stadt. Wie gesagt: auch Brechmann fuhr langsam. Er bog in eine Sackgasse ein und parkte seinen Wagen unter einer großen Kastanie. Schwungvoll und dynamisch versuchte er, sich aus dem Alpin zu wuchten und ließ die Tür leise hinter sich ins Schloß fallen.

Er rückte den Schlips zurecht und schwitzte. Es war heiß. Er zog sein Jackett über, um die mächtigen feuchten Stellen unter den Achseln und auf dem Rücken wenigstens optisch zu vertuschen. Noch behielt sein Deodorant die Oberhand. Noch übertraf die Chemie den beißenden Körpergeruch – wie lange wohl? Noch stand er nämlich im Schatten der mächtigen Kastanie. Unter seiner Jacke wurde es ihm wärmer und nasser.

Na dann mal los.

Brechmann schritt voran.
Vor Schürmanns Villa stand ein Mercedes Cabriolet, passend zur Garage mit hölzernem Tor. Das Gebäude war im Stil der Jahrhundertwende gebaut. Brauner Naturstein am Kellergeschoß, ansonsten weiß, wobei Fenster, Türen und einige Figuren in Naturstein (wie das Kellergeschoß) abgesetzt waren.
Eine Hecke grenzte einen Rosen- und Rasengarten zum Bürgersteig ab. Am Tor war die Klingel angebracht. Unliebsame Gäste durften den Kieselweg, der direkt zum pompösen Eingang des Hauses führte,erst gar nicht betreten.
Brechmann schellte.
Mit einem Summton öffnete sich das Türchen.
An der Haustür empfing ihn ein Kellner. (War nicht Tasses Vater auch Kellner?)
"Herr Brechmann, nehme ich an."

“Richtig angenommen. Sagen Sie, sind Sie zufällig Hobbyringer?”
“Nein, ich bin der Profibutler.”
“Ach, da hab ich mich vertan.”
“Und Sie sind nicht zufällig Catcher?”
“Wieso – sehe ich so aus?”
“Ja.”
Brechmann biß sich auf die Zähne. Er schätzte den Butler auf Mitte 30 und gut durchtrainiert. Außerdem wußte er nicht, ob er dem Bediensteten trauen konnte. Könnte sein, daß der doch Ringer war.
“Ich möchte zu Frau Schürmann.”
“Sie werden erwartet.”
Der Butler ließ ihn in eine marmorne Eingangshalle eintreten. Eine mächtige Treppe führte in verschwenderischem Bogen hinauf zum ersten Stock. Sie war passend zur Stukkaturdecke gehalten. Teppiche und Kunstwerke vermittelten nur den Eindruck von Reichtum.
Brechmann würde Whisky trinken und nicht zu wenig. Demonstrativ zog er seine Jacke aus.
Sofort sprang die automatische Luftumwälzanlage an.
Er wurde in den Garten geführt, wo die Dame des Hauses am Swimmingpool lag. Auch sie war blond und gut gebaut. Nur älter als die Lady aus der Praxis (Brechmann war kein Arzt, doch das sah er auf den ersten Blick). Im Bikini zeigte sie kein Gramm zuviel. Sie lächelte ihn an und schickte den Diener mit einer Handbewegung fort.

“Whisky?” fragte sie und reichte ihm, ohne eine Antwort abzuwarten, ein Glas.
Brechmann setzte sich in einen Liegestuhl und zog sein Hemd aus. Gleich ließ ein undefinierbarer Odem alle unangenehmen Insekten das Weite suchen.
“Sie haben’s schön hier.”
“Gefällt’s Ihnen? Sie machen es sich ja schon bequem. Der Swimmingpool gehört Ihnen.”
“Vielleicht später”, meinte Brechmann nur.
Er räkelte sich im Liegestuhl und zog sich seine Schuhe aus. Nun wurde er sehr inständig gebeten, den Pool zu benutzen.
Der verkappte Ringer brachte ein Handtuch.
Der Dame war es lieber, daß ihm auch eine Badehose geholt wurde.
Brechmann sprang.
“Führen wir unser Gespräch im Wasser”, meinten beide gleichzeitig und lachten.
Sie lehnten sich entspannt an den Beckenrand.
“Sie kommen wegen Tasse?” brachte sie das Gespräch aufs Thema.
Brechmann nickte und fühlte sich wohl im kühlen Naß.
“Mein Mann erzählte mir, daß Sie schon in der Praxis waren. Der Name Tasse kam ihm irgendwie bekannt vor, wußte aber nichts mit ihm anzufangen.”
“Haben Sie’s ihm erzählt?”
“Nein, wozu auch.”
Brechmann tauchte unter und dachte daran, die Dame zu verführen.

“Sie haben schöne Augen”, sagte er über Wasser und kniff sich dabei (jeder weiß wohin).
“Wollen Sie mich küssen?”
Brechmann rückte näher an sie heran. Sie kniff ihn (immer noch weiß jeder wohin). Aber sie kniff unangenehm fest, und Brechmann rückte wieder ab.
“Zurück zu Tasse”, sagte er betont kühl.
Sie lachte.
“Ich habe ihn vor kurzem gesehen. Ich glaube nicht, daß er mich erkannt hat. Allerdings habe ich ihn auch kaum gesehen. Es liegt zu weit zurück. Er hat sich sehr verändert. Er schien so ängstlich, so schüchtern und verwirrt. Wußten Sie, daß er früher sehr begehrt war? Ich erinnere mich, daß so viele – und sei es nur für einmal – die Decke mit ihm teilen wollten. Er hatte so ein gewisses Etwas. Er war nicht aufdringlich – im Gegenteil, man mußte aufdringlich werden.”
“Wie haben Sie ihn kennengelernt?”
“Wir haben zusammengearbeitet. In der Bank. Wir hatten einen gemeinsamen Schreibtisch. Es gab Damen, die wollten sich nur von ihm bedienen lassen. Kolleginnen wollten mit mir den Platz tauschen. Und er – er nahm kaum Notiz von mir. Wir sprachen nur dienstlich miteinander. Eines Tages kam seine Frau in die Bank. Ich wollte im Boden versinken, und von dem Moment an rechnete ich mir nicht mal den Hauch einer Chance aus. An der stimmte wirklich alles. Als er sie mir vorstellte, hat sie mich angesehen, als sei ich ein Nichts, als könne

sich niemand mit ihr vergleichen. Ich hatte das Gefühl, daß sie auch ihm etwas Ähnliches vermittelte. Als sie gegangen war, suchte ich einen Blickkontakt mit ihm. Seltsamerweise erwiderte er ihn, und ich faßte all meinen Mut zusammen und fragte, ob wir mittags zusammen essen gehen könnten. So fing eigentlich alles an. Wir trafen uns oft bei mir. Schwierig war es in der Bank, keiner sollte etwas erfahren. An eine Trennung von seiner Frau war nicht zu denken. Ich wollte es, glaube ich, auch nicht. Aber ich weiß es nicht mehr so genau. Es war eine schöne Zeit. Peter, mein Mann, studierte in München und hatte, wie ich irgendwie erfahren hatte, auch eine Freundin dort. Ich denke oft noch gern daran zurück, wie Borg mir in der Bank ganz beiläufig seine Hand aufs Knie legte. Am schönsten fand ich's, wenn dann seine Frau da war."

"War seine Frau oft in der Bank?"

"Anfänglich kaum. Dann kam sie eine Zeitlang so einmal die Woche oder alle zwei Wochen."

"Wußte sie von Ihrem Verhältnis?"

"Ich glaube ja und wenn nicht, dann hab ich's mir eingebildet. Außerdem habe ich sie auch mit einem Anderen getroffen. Sogar öfter. Ich habe, glaube ich, sogar mal heimlich ein Foto von den beiden gemacht. Seltsamerweise habe ich sie öfter mit diesem Mann getroffen. Borg glaubte sowieso, daß sie es mit vielen Männern zu tun hatte. Aber gerade das machte ihn noch abhängiger von ihr. Er sagte, sie sei seine große unglückliche Liebe und

ich sei seine große glückliche Liebe. Er war der Meinung, daß es immer zwei Seiten im Leben gibt."
Sie tauchte unter und zog auch Brechmann unter das Wasser. Als sie wieder auftauchten, küßten sie sich lange.
"Es ist schön, von dieser Zeit zu erzählen und sie wieder aufleben zu lassen. Ich habe mich nie mit jemandem darüber unterhalten. All die Jahre. Auch nicht mit meinem Mann."
"Wie lange ist das schon her?"
"20 Jahre."
Brechmann war überrascht und fragte sich, wie alt sie wohl sein mochte.
"Ich verrate Ihnen mein Alter nicht", sagte sie und kniff ihn etwas zarter in den Penis.
Er öffnete ihr Bikinioberteil und strich ihr über die Brustwarzen. Solche Aufträge liebte Brechmann.
Sie schloß ihr Bikinioberteil wieder und drückte ihn zur Seite. "Ich glaube, das war alles, Herr Brechmann", sagte sie und schob ihn beiseite.
"Was soll das?"
Der starke Brechmann war entrüstet.
Mit mir nicht. Ich bin Brechmann. Demgegenüber bringst du nichts auf die Waage.
Trotzdem mochte er sie.
Mit einem Ruck sprang er aus dem Becken, trocknete sich ab und ging, ohne sich für die geliehene Hose zu bedanken, die er selbstverständlich mitnahm.

10

"Bumm ta ra ta – Bumm ta ra ta – Bumm ta ra ta"
"Alle sind wir Sünder
Es wär uns fast gesünder
bei Nacht zu liegen ausgestreckt im Bett.
Doch das Großstadtpflaster
hat uns verführt zum Laster
und wir sind Lumpen drum von A bis Z.
Alle sind wir Sünder
und freuen uns wie die Kinder
auf jedes neue Maderl im Programm.
Ja alle sind wir Falter
und man vergißt sein Alter
tritt so ein kleines, superfeines,
zuckersüßes Maderl auf den Plan.
Die Mädies, die Mädies, die Mädies..."
"Aufhören, stop, finito! Nein, Werner, so hat das keinen Zweck. Der Refrain: Die Mädies, die Mädies usw. im langsamen Marschrhythmus. Nicht so im Schweinsgalopp. Mehr Gefühl, mehr Ausdruck! Denk daran: 'Musik ist höhere Offenbarung als alle Weisheit und Philosophie, Beethoven'. Los, nochmal von vorne! Da Capo!
1-2-1-2-3-4
"Bumm ta ra ta – Bumm ta ra ta – Bumm ta ra ta"
"Alle sind wir Sünder
Es wär uns fast gesünder
bei Nacht zu ..."
"Halt, Ruhe, Werner, ganz ruhig. Du spielst die gan-

ze Zeit in F und erst bei 'im Bett' gehst du nach G7, nicht eher. Klar?"
"Mensch Willy, du weißt genau, Songs, die nicht von Tony sind, sollten wir gar nicht erst spielen. Die krieg ich einfach schlecht in die Finger."
"Ach, komm, Werner, nur Geduld, wir hatten ausgemacht, daß wir auch mal etwas anspruchsvollere Texte singen. Also noch einmal,
1,2, und 1,2,3,4, und ...."
So ging das schon eine ganze Weile. Willy und Brechmann probierten einen neuen Schlager. Jeden Mittwoch abend um 20 Uhr (Brechmann konnte seine Uhr danach stellen) stand Willy Bökenkröger vor Brechmanns Tür. Denn einmal in der Woche trafen sich der Kriminalbeamte und der Detektiv bei Brechmann im Keller und übten neue Tanzlieder ein. Zusammen waren sie die MOONLIGHT LOVERS.
Willy Bökenkröger stellte die genaue Antithese zu Werner Brechmann dar. Stets gut gelaunt, immer freundlich und hilfsbereit, korrekt bis in die Zehenspitze, vermittelte er das Bild vom netten jungen Mann von nebenan, den jede deutsche Mutter gern als Schwiegersohn in ihr Herz geschlossen hätte. Aber wie Brechmann war auch er eingefleischter Junggeselle. Wenn er auf eine ewige Bindung angesprochen wurde, zitierte er die Bibel 'Es ist keine List für Frauenlist. Jesus Sirach 25, 18' oder 'Heiraten ist gut, nicht heiraten ist besser. 1. Korinther 7, 38'.
Auch äußerlich bildete er einen krassen Gegensatz

zu Brechmann. Er war von eher zierlichem Wuchs, hatte die kurzen blonden Haare stets peinlich genau gescheitelt, legte größten Wert auf adrette Kleidung, war nie nachlässig rasiert, wirkte nie ungepflegt und vor allem: er roch immer gut.
Kurz, er war das Sinnbild des guten, braven, aufrichtigten Polizeibeamten.
Während Brechmann sich gerne einen Spaß daraus machte, unsichere Menschen beim Überqueren der Straße durch wiederholtes Betätigen seiner überlauten Dreiklanghupe in panischen Schrecken zu versetzen und sie oft in die Nähe einer Herzattacke brachte ('Greise scheuchen', wie er das nannte), handelte Willy ganz anders.
Auch wenn er auf dem Weg zu einem dringenden Einsatz war, hielt er seinen Wagen an, wenn er sah, daß so ein hilfloses Alterchen am Straßenrand stand und sehnsüchtig zur anderen Straßenseite schaute. Dann stieg er aus, stellte sich mitten auf den Boulevard, stoppte den Verkehr, begleitete das Mütterchen auf seinem gefahrvollen Weg und sprang wieder in sein Auto, ohne auf ein Dankeschön zu warten.
Vor allem während der 'Rush hour' brachte ihm das häufig die wüstesten Beschimpfungen und Verwünschungen von anderen Verkehrsteilnehmern ein. Aber Willy war in dieser Hinsicht standhaft und nicht zu erschüttern.
'Einander beizustehen ist Bruderpflicht', war sein Motto.

Kennengelernt hatten sich Brechmann und Willy auf der Polizeischule. Zufällig kamen sie nebeneinander zu sitzen und schlossen auch recht schnell Freundschaft. Gegensätze ziehen sich an. Werner Brechmann nahm Willy immer in Schutz vor den anderen Polizeianwärtern, die "das Kurze", wie er genannt wurde, gern hänselten und zur Zielscheibe ihrer derben Jungmännerspäße machten.
Brechmann, damals noch kräftig und athletisch, unterband aber alle Scherze dieser Art. Oft ließ er dabei auch seine Fäuste sprechen. Andererseits profitierte Brechmann von Willy, der stets gut vorbereitet im theoretischen Unterricht war und ihn fast durch alle Prüfungen brachte.
Beide verband auch die Liebe zur Musik, und schon bald fand kein Kameradschaftsabend mehr statt, ohne daß Willy (Schlagzeug) und Brechmann (Akkordeon) für den guten Ton sorgten.
Sie hatten schon manche Feste, Feiern und Partys angeheizt und genossen in gewissen Kreisen einen ausgezeichneten Ruf.
Wenn Brechmann mit ca. 20 Bierchen in der Brust den Ententanz auf dem Akkordeon herunterwirbelte und Willy das Schlagzeug wie ein Derwisch bearbeitete, dann ging die Post ab, dann war die Stimmung groß.
Wenn sich Willy dann die kleine Trommel umschnallte und mit Brechmann die Polonaise anführte, dann ging es über Tische und Bänke, über den Tresen, durch die aufgestellte Dekoration, dann konnte sie

nichts und niemand aufhalten. Dagegen wirkte der Kölner Rosenmontagszug so ausgelassen wie Werner Höfers Frühschoppen am Sonntagmittag. Meistens bildete dieser Umzug auch den abschließenden Höhepunkt einer solchen Veranstaltung. Danach waren die Festräume einfach nicht mehr zu gebrauchen, weil zahlreiche Verletzte stundenlang behandelt werden mußten, bevor sie sich in nahegelegene Krankenhäuser schleppen konnten.

“Mensch, Werner, reiß dich zusammen und leg die blöde Trillerpfeife weg. Vorne und hinten haut das so nicht hin”, tobte Willy,” stell dir doch einfach vor: das ist ein Lied von Tony... .”
“Pause.”
Brechmann schnallte das Akkordeon ab, wischte sich den Schweiß von der Stirn und aus den Achselhöhlen und ging zum Kühlschrank, um seine Stimme geschmeidig zu machen. Mit einem geübten Griff öffnete er zwei Dosen Bier gleichzeitig. Im Nullkommanichts waren sie in seinen mächtigen Schlund gegossen.
Er rülpste.
“So, jetzt kann's weitergehen, 3, 4 ... .”
“Bumm ta ra ta – Bumm ta ra ta – Bumm ta ra ta ...”

11

An der Wand stand ein altes, weinrotes Sofa. An beiden Seiten hohe Armlehnen (90 Grad zur Sitzfläche), die Rückenlehne, noch höher, stieß vor die Wand. Links neben dem Sofa (oder rechts, wenn man draufsaß) ein Beistelltisch (verziertes, verschnörkeltes Stück, auf der Tischplatte lagen Zeitschriften und Broschüren), ein Spiegel (der in einem Türrahmen angebracht war und den Eindruck vermittelte, daß sich hinter der Wand noch ein Raum befand), dann noch ein Sofa, noch ein Spiegel, noch ein Sofa, noch ein Tischchen usw.
In einer Ecke saß Brechmann, seines Zeichens Detektiv, dem Täter auf der Spur.
Er hatte sich einen Kaffee bestellt.
Die Zeit 10.00 Uhr, Donnerstag, den 27.08.87.

Am vorhergehenden Abend, kurz bevor Willy zur Probe kam, hatte er versucht, Tasse zu erreichen.
Doch der war nicht da.
Stattdessen hatte sich seine Frau am Telefon gemeldet, als wenn sie auf einen Anruf von ihm gewartet hätte. Brechmann hatte auf etwas gewartet, sie hatte auch auf irgend etwas gewartet.
Diese Warterei. Alles wartet auf irgend etwas, irgendwen, einige sogar auf Godot. Aber nicht nur im Wartesaal. Worauf warten der Tankwart und der Wetterwart? Warten sie in der Gegenwart auf den Leopard als Widerpart total behaart? Oder voll in

Fahrt doch schon bejahrt mit langem Bart in ihrer Art?
Auf jeden Fall wartete Brechmann nun in einem Café auf Frau Tousseau-Tassé, mit der er sich verabredet hatte.Als sie nun vor ihm stand, war er überrascht.
Sie hatte ein Gesicht, das man nicht so leicht vergißt. Es war schön. Nicht hübsch. Es war lebendig. Den Falten zufolge mußte sie so um die 50 sein. Sie verrieten Erfahrung und Wissen, aber auch Charakterstärke und Herzensgüte. Noch pittoresker wirkte sie, wenn man sich von ihrem Blick einfangen ließ. Aber welche Gedanken versteckten sich in ihrem Kopf?
Wer war diese erfahrene, wissende Frau? Was wollte sie? Wollte sie auch nur das Eine, wie jede Frau? Jedenfalls war sie bestrickend und sinnlich gekleidet.
Brechmann stand entgegen seiner sonstigen Art auf, deutete eine Verbeugung an und stellte sich betont förmlich vor.
"Brechmann, Detektiv."
"Oh la la, Monsieur Breschmaan, mein Name ist Tousseau-Tassé, Therèse Tousseau-Tassé exactement."
Sie reichte ihm graziös ihre zarte Hand. Wie ein Kavalier der alten französischen Schule führte er diese an seinen Mund und begann, sie genüßlich abzuschlabbern.
Schnell zog sie ihre Hand zurück, trocknete sie an

der Tischdecke ab und drohte ihm schelmisch mit dem Finger.
“Nischt so stürmisch, Sie Casanova.”
Sie setzten sich an den Tisch.
Brechmann orderte für beide ein Kännchen Tee.
“Alors, Monsieur Breschmaan, Sie ‘aben Problem mit meine Maan?”
Brechmann saß steif auf seinem Sofa und schlug das rechte Bein über das linke. Er faltete seine Hände und legte sie auf sein rechtes Knie. Er sah sie an. Schnell überlegte er, wie er das Gespräch am besten führen könnte. Glücklicherweise fiel ihm die klientenzentrierte Gesprächsführung nach Carl Rogers ein.
“Si, si, isch für Deine Mann arbeiten. Deine Mann werde verfolgt. Du wissen?”
Etwas irritiert sah sie ihn an, antwortete aber trotzdem nach einer Weile.
“Mon Dieu, toujours, toujours, immer, immer, er bildet sisch ein, daß er wird verfolgt von böse Verbrescher. Isch ‘ätte ihn schon längst verlassen sollen, naturellement, damals schon.”
“Wann das gewesen?”
Sie antwortete nicht, sondern nahm nur ein winziges Schlückchen aus dem Teeglas.
Brechmann fuhr fort.
“Du wissen, Deine Mann andere Frau? Du kennen Signora Schürmann?”
“Sie wissen von dieser Affaire? Oh, Sie können sisch nischt vorstellen, wie attraktiv er einmal war. Es war

l'amour auf den ersten Blick bei uns. Wir 'aben uns geliebt und geliebt wie die Scheunendrescher, wie man 'ier sagt. Er war in Ferien im Elsaß und gleisch 'aben wir uns geliebt und geliebt wie die Kesselflikker. Er 'at misch directement ge'eiratet und wir 'aben uns geliebt und geliebt wie die Scherenschleifer. Dann nahm er misch mit nach Dortmünd und wir 'aben uns geliebt und geliebt wie die Küpferstescher. Einmal waren wir im Urlaub in eine 'otel und wir 'aben uns geliebt und ..."
Brechmann unterbrach ihren Redeschwall.
"Piano, piano, was Du wissen von Signora Schürmann"
"Excusez moi, Monsieur Breschmaan, exactement weiß isch nischt viel von den beiden. Nur als die Beziehung war fini, er 'at sisch sehr verändert."
"Wie sich verändern Deine Mann?"
"Oh, Monsieur, Sie kennen ihn, wie er 'eute ist."
Mehr wollte Madame Tousseau-Tassé partout nicht von sich geben.

12

Tasse setzte sich auf den klapprigen Stuhl in Brechmanns Büro. Er hatte seine Attraktivität völlig verloren. Regelrecht eingebüßt. (Obwohl keine Fastenzeit war, und er bestimmt nicht aus der Bußandacht kam. Man weiß natürlich nicht, ob Tasse überhaupt Katholik war. Vielleicht war er es. Vielleicht stellt es sich auch noch heraus). Wie er dasaß, war er nur noch ein jämmerliches Abbild des ehemals so beliebten und umschwärmten Borg Tasse.

Brechmann hatte eine Anzahlung verlangt, Tasse hatte bezahlt.

Nach langem Zögern erst hatte dieser seine Beziehung zur Sparkassenangestellten Schürmann, verheiratet, zugegeben. Er war seltsam betroffen, als dieser Name fiel.

“Ich habe sie seit fast 20 Jahren nicht mehr gesehen!”

“Können Sie mir erklären, warum ich ihre Telefonnummer dann ausgerechnet bei Ihren Verfolgern finde?”

Brechmann hatte seine Hände in eine Schüssel mit kühlem Wasser gelegt, die auf seinem Schreibtisch stand. Er holte einen feuchten Lappen heraus und kühlte damit seine Stirn. Dann warf er den Lappen zurück in das Gefäß. Tasse verfolgte interessiert das Geschehen.

“Auch ein Schlückchen?” bot Brechmann großzügig an.

Tasse schüttelte vorsichtig mit dem Kopf.
"Also nein?" fragte diesmal Brechmann energisch.
"Nein!" sagte diesmal Tasse energisch.
"Also, was ist mit dieser Nummer?"
Tasses Nervosität wurde immer offenbarer. Schon als der Name der Frau das erste Mal fiel, führte er seine Hand zum Mund und kaute auf seinen Fingernägeln. Seine innere Unruhe war kaum noch zu verbergen. Er schaukelte auf dem Stuhl hin und her.
Brechmann wartete.
Tasse murmelte auf seinem Stuhl etwas wie "also doch" oder ähnliches.
"Was: Also doch?" hakte Brechmann gleich ein.
"Nichts – also doch – was soll das? Also doch?"
Brechmann nahm sich das feuchte Tuch vom Kopf und tränkte es in der Schüssel.

Brechmann, Du bist dran! Wenn er Dir nicht alles sagt, dann schieß ihn in den Wind. Der kommt sooo klein zurück, daß es dann eine Wonne ist, ihn auszuquetschen. Ohne Dich kommt der nicht weiter.

"Ich glaub nichts mehr. Versuchen Sie Ihr Glück lieber allein !"
"Nein, nein", sagte der Graue nur und ging.

Er will es so, Brechmann, es bleibt Dein Job.

13

Die Zeit 14.00 Uhr.
Tasse war gegangen, wollte aber am Abend noch einmal hereinschauen.
Die Fenster standen auf. Aber kein kühler Luftzug durchwehte das Zimmer.
Der Anhaltspunkt war die Freundin. Seitdem hatte sich Tasse total verändert. Ursache: Ende der Beziehung, denkt Frau Tasse. Aber die wiederum liebte er in der Zeit heiß und innig. Und als mit der Freundin 'Schluß' war, liebte er sie da auch noch? Tasse selbst wurde sehr nervös, als der Name Schürmann fiel.
Brechmann spielte an seinen Genitalien herum, als die Schürmann ihm einfiel. Eine Rassefrau.
Vielleicht hatte sie Tasse doch mehr geliebt, als sie zugab, hatte den Arzt nur geheiratet wegen des Geldes, ist aber unglücklich wegen der Sprechstundenhilfe.
Was war vor zwanzig Jahren?
Brechmann rief die Schürmann an. Sie nannte ihm die Zweigstelle der Bank, in der sie beide gearbeitet hatten. Sie war nicht erfreut über seinen Anruf. Er hatte auf ein Rendezvous gehofft.
Brechmann wischte sich den Schweiß aus seinen Achselhöhlen, schnupperte interessiert an seinen Fingerspitzen und wischte sich seine nassen Hände an seinen dicken Oberschenkeln ab.
Sein Körpergeruch gefiel ihm heute nicht. Er rümpf-

te die Nase und zog sein Deodorant aus der Schublade des Schreibtisches. Man konnte ein scharfes Zischen vernehmen. Der unangenehme Körpergeruch vermischte sich mit dem noch unangenehmeren Geruch der Spraydose, die doch eigentlich Frische für den gesamten Tag versprach (sogar Brechmann, der alte Fuchs, war darauf hereingefallen).
Brechmann stand auf, ging zum Kühlschrank und nahm sich drei Dosen Bier heraus, die er ohne ungewöhnliche Hast, aber doch zügig leerte.
Der Geruch der Fahne rundete die Brechmannsche Duftnote ab. Brechmann stellte sich breitbeinig vor die weiße Porzellanschüssel mit dem schwarzen Deckel, den er zuvor hochgehoben hatte. Er pißte, ohne an die Spritzer zu denken, die aus dem Klobecken auf den Badboden spritzten. Es fiel ihm nur der Pornofilm ein, den ihm Matthias empfohlen hatte: ABGESPRITZT.

14

"Also, Sie können nicht fliegen?" fragte der ältere Mann und sah Brechmann grimmig an. "Ja, was tun Sie denn dann hier, he?"
Der Angesprochene war etwas verwirrt.
"Antworten Sie: Können Sie nun fliegen oder nicht?"

Der alte Mann konnte langsam aber sicher seine Wut nicht mehr unter Kontrolle halten.
Brechmann blieb keine andere Wahl, als einzugestehen, daß er tatsächlich nicht fliegen konnte.
Der alte Mann war sauer und schrie ihn an:"RAUS!"
Draußen, auf der Straße, entschloß sich Brechmann, es nicht noch einmal in einem der Läden zu probieren.
Vielmehr überquerte er die Straße direkt und ging auf einen eingeschössigen Flachdachbau zu.
Stadtsparkasse Dortmund, Zwgst. Kirchhörde.
"Hier hat sich in den letzten 20 Jahren aber einiges verändert", dachte Brechmann, "das war eine spannende Sache damals – für uns Jungs."
Die Türen öffneten sich automatisch: eine moderne Schalterhalle mit Teppichboden, Schreibtischen mit adretten Damen (leider alle nicht alt genug), eine lange Theke, an der die Kunden abgefertigt wurden und ein gläsernes Gefängnis, auf dem in großen Lettern 'KASSE' geschrieben stand.
Brechmann wandte wieder einmal seinen, dem Leser schon bekannten Trick mit dem überdimensionalen Knopf an.
Die junge Bankkauffrau wußte natürlich mit dem Namen Schürmann nicht soviel anzufangen, obwohl sie bei dem Namen Peter Schürmann kurz stockte. Sie mußte aber eingestehen, daß sie an jemand anderes dachte.
Sie zeigte sich jedoch hilfsbereit und ging aus dem Schalterraum in ein angrenzendes Büro. Während

er auf sie wartete, überlegte Brechmann, ob tatsächlich jeder fliegen können sollte. Bei dem Wissen, daß es auf jeden Fall nicht jeder kann, wurde er nicht wütend.
“Mein Name ist Wegmann”, stellte sich der Filialleiter Brechmann vor.
“Wir führen, mit aller Diskretion versteht sich, Nachforschungen über eine ehemalige Angestellte Ihrer Filiale durch”, Brechmann spielte seine Rolle als Staatsdiener wieder brillant.
“Können Sie mir ihren Namen nennen, und wann hat sie hier gearbeitet?”
“Das muß etwa 20 bis 25 Jahre zurückliegen. Ihr Name ist Schürmann.”
“Das ist zu lange her, so lange bin ich auch noch nicht da. Ich kenne die Frau nicht. Sie könnten es in der Zentrale versuchen, da wir hier auch keine Angaben über Ehemalige haben. Das heißt”, er überlegte, “vielleicht gibt es eine andere Möglichkeit. Ein langjähriger Angestellter wohnt hier ganz in der Nähe. Er ist über sechzig und pensioniert. Vielleicht kann der Ihnen weiterhelfen. Sein Name ist Baach, mit zwei a, Jeremias Stefan Baach. Haben Sie gerade verpaßt, der kommt nämlich jeden Tag und studiert die Aktienkurse. Alte Gewohnheit von ihm.Er wohnt – passen Sie auf –, wenn Sie aus dem Gebäude kommen, halten Sie sich links und gehen in die erste Straße rechts. Das ist die Olpketalstraße. Dann ist es Hausnummer fünf.”
Brechmann dankte herzlich und ging zur Tür.

Plötzlich drehte er sich noch einmal um und fragte: "Einen Moment noch, wie alt ist dieses Sparkassengebäude?"
Wegmann war bereits auf dem Weg in sein Büro. Er rief durch die Schalterhalle:"Das ist Mitte der 60er Jahre gebaut worden. Die alte Kasse stand nebenan. Sie wurde zu klein und hatte einen miserablen Sicherheitsstandard."
"Vielen Dank nochmal", nickte Brechmann.
"Wenn Sie noch Fragen haben, stehe ich Ihnen selbstverständlich zur Verfügung. Auf Wiedersehen, Herr Kommissar."
"Auf Wiedersehen."

15

Er hielt sich links.
Bei der ersten Straße bog er ein.
An Hausnummer fünf schellte er bei Baach. Die Tür ging auf, Brechmann trat ein und stieg die Treppe hoch, bis er vor einer halbgeöffneten Tür stand. Ein rüstiger Herr fragte ihn, was er wolle.
"Sie sind Jeremias Stefan Baach?"
"Ja, wo glauben Sie, haben Sie geschellt? Natürlich bin ich das, aber, was wollen Sie hier?"

"Ich habe Ihren Namen von Herrn Wegmann, dem Filialleiter der Stadtsparkasse. Wir stellen Nachforschungen über eine Frau Schürmann an." Der Detektiv wartete. Er sah ein Aufleuchten im Gesicht des Komponisten. Auch hier klappte das Spielchen mit dem Knopf.

"Ja – wegen der Frau Schürmann – ja kommen Sie doch herein."

Der Alte riß die Tür förmlich auf.

Ein langer Flur, mit einem hauptsächlich in Rot gehaltenen Perserläufer, eine eichene Garderobe, ein Spiegel, ein großer Trockenblumenstrauß.

Brechmann wurde ins Wohnzimmer geführt.

Er hatte schon viele Wohnzimmer gesehen. Doch bisher waren für ihn alle gleich gewesen. Protzige Möbel vermittelten den Eindruck, daß man sich in besserer Gesellschaft befand. Das Wohnzimmer gilt gemeinhin als der Champagner unter den Zimmern. Es wird geziert, vornehm und mit abgespreiztem kleinen Finger betreten.

Demgegenüber ist die Küche eher das Bier und das Schlafzimmer Isostar, der Aufbautee.

Brechmann jedenfalls ließ sich im Champagner nieder. Ihm war aber nach etwas Anderem zumute.

"Möchten Sie ein Bier", fragte Baach.

Der Detektiv nickte nur, denn ihm blieben die Worte im Munde stecken.

Er befand sich nicht in einem dieser stinknormalen Wohnzimmer. Seine Augen quollen qasi über.

Statt einer Tapete hatte der 'Komponist' alle freien

Stellen an den Wänden mit Glasregalen behängt, die angefüllt waren mit Nilpferden.
Nilpferde in allen Größen, allen Farben, aus allen Materialien und in den verschiedensten Formen und Stellungen.
Und als Brechmann richtig hinsah, schien ihm sogar das Sofa ein Nilpferd zu sein. Eines der Regale war halb leer geräumt. Die Nilpferde, die dort gestanden hatten, lagen in einer Kiste, deren Deckel weit offen stand.
Zwischen Regalen und Nilpferden versuchten die biederen Eichenmöbel vergeblich, sich Geltung zu verschaffen.
In einer Ecke erblickte Brechmann noch ein Paar hochhackige Stöckelschuhe.
“Eine Erinnerung an meine verstorbene Frau”, sagte Baach, den Blick Brechmanns aufnehmend. Er war soeben mit dem Bier erschienen.
Die Flaschen hatten die Form von Flaschen.
Gläser gab es nicht.
“Sagen Sie”, fragte der Detektiv kneifenderweise, “haben Sie einen Nilpferdtick?”
Baach sah ihn an und wartete eine Weile mit seiner Antwort.
“Einen Nilpferdtick! Einen Nilpferdtick! Wie kann man von einem Tick reden, wenn man nichts von diesen possierlichen Tierchen versteht!”
Er war entrüstet.
“Schon gut”, brummte Brechmann.
“Sehen Sie sich die Tiere einmal genau an, wie sie

sich bewegen. Die Kraft, die Masse, der Körper – Nilpferde werden etwa 4 Meter lang. Können Sie sich das vorstellen?"
Brechmann schaute ungläubig in die Regale.
"Nilpferde – das sind nicht diese langsamen, behäbigen Tiere. Nein, sie sind fit auf die Minute. Ihre Geduld – wissen Sie – Nilpferde können jahrelang warten, und plötzlich sind sie da – wissen Sie – genau zum richtigen Zeitpunkt."
Brechmann versuchte immer noch die Länge der Regalbretter zu schätzen. Dabei kam er höchstens auf 4.50 Meter.
"Aber – was rede ich – was rede ich", warf Baach ein und sah Brechmann an, "Sie sind wegen anderer Dinge gekommen."
"Ich sagte es bereits, die Schürmann interessiert mich."
"Ich weiß, wen Sie meinen, sie hat in der Bank gearbeitet, nicht wahr? Sie ist blond – oder lebt sie etwa nicht mehr?"
"Doch, doch."
Brechmann war etwas verwirrt.
"Sie war ein hübsches Ding. Gute Figur, nicht wahr?"
Der Alte zwinkerte dem Detektiv zu.
"Wie alt sind Sie eigentlich?" fragte Brechmann, der seinen Gesprächspartner auf 60 bis 70 Jahre schätzte.
"Immer noch jung genug!"
"An was erinnern Sie sich bei der Schürmann?"
"Manchmal trug sie einen Zopf. Wissen Sie über-

haupt, wie lange das her ist? - Das muß Mitte der 60er Jahre gewesen sein. Wir waren gerade in die neue Filiale eingezogen, und irgendwann erschien sie plötzlich nicht mehr."
"Warum nicht?"
"Na ja, sie sah gut aus, hatte sich schon vorher einen Arzt geangelt und geheiratet. Der hat dann in der City eine Praxis aufgemacht. Da brauchte sie wohl nicht mehr zu arbeiten."
"Wie war sie sonst, die Schürmann?""Nett, sehr nett sogar, zuverlässig auch. Aber wissen Sie, andererseits hatte sie ein Verhältnis mit dem Tasse. Das war ganz offensichtlich. Das war ein Frauenheld, hab ich nie verstanden. Die Kundinnen wollten sich am liebsten von ihm bedienen lassen, und 'ne Frau hatte der, so eine zum angucken, aber so'ne ganz kalte, die würde über Leichen gehen, von dem Verhältnis durfte keiner etwas wissen, aber alle wußten es natürlich, wissen Sie, er legte immer so ganz beiläufig seine Hand auf ihr Knie und dann die Dame aufs Kreuz."
"Haben Sie auch Herrn Schürmann kennengelernt?"
"Nein, nie. Nur wenn sie von ihm erzählte, sagte sie immer, daß er überhaupt kein Geld habe. Seltsamerweise hat er ein paar Jahre oder war es nur eins, jedenfalls kurze Zeit später, eine sehr teure Praxis aufgemacht. Vielleicht 'ne Erbschaft. Wenn die Schürmann bei dem Tasse geblieben wäre, hätte die es aber nicht annähernd so gut. Der ist wohl immer noch bei der Bank."

“Sagen Sie, haben Sie irgendwann das Ende des Verhältnisses mitbekommen? Und wie haben die beiden sich dann verhalten?”

“Wann war es aus – ja – die Schürmann hat dann gekündigt – der Tasse war auch verändert. Das war - jetzt erinnere ich mich - das war kurz vor dem Umzug in die neue Filiale. Da war ja auch noch dieser Bankraub. Wissen Sie, der Sicherheitsstandard war eigentlich Schuld daran, daß wir damals umgezogen sind.

Kurz bevor es dann soweit war, haben sich die Gangster das Sonderangebot sozusagen nicht entgehen lassen. Es ging ganz schnell, die waren zu zweit, haben uns bedroht, und ich habe so schnell es ging, alles Geld in einen Sack gepackt. Waren ungefähr 500 000,- DM, dann sind die raus. Tasse ist gleich hinterher, die sind noch ein Stück gelaufen, Tasse immer hinterher und hat gerufen, daß das Räuber sind, die konnten ihr Auto wohl deshalb nicht nehmen, weil schon zuviele Passanten zusammengelaufen waren. Da sind die Gangster in den Wald rein, und Tasse hatte da dann wohl Angst gekriegt.”

Brechmann war überrascht von Tasses Mut. Das Schulerlebnis mit Erwin war auch wieder da. Ganz konkret sogar. Doch Brechmann wollte jetzt nicht daran denken. Er war anderen Sachen auf der Spur.

“Wenn ich mich jetzt recht erinnere”, fuhr der Alte fort, “haben sich die Schürmann und der Tasse kurze Zeit später getrennt.”

“Meinen Sie, daß das mit dem Überfall zu tun haben kann?”
“Ich weiß es nicht. Jedenfalls ist einer der Gangster erwischt worden, der zweite nicht. Wissen Sie, es soll ‘ne Frau gewesen sein. Die Beute ist auch nicht wieder aufgetaucht, machen sich jetzt wohl ein gemütliches Leben. Jedenfalls ist das Geld bis heute nicht gefunden worden.”
Baach griff versonnen in ein Regal, das er im Sitzen erreichen konnte und nahm ein Nilpferd in seine Hand. Er strich ihm zärtlich über den Rücken. Dabei lächelte er und fuhr fort: “Die haben die Leute von der Belegschaft überprüft, ob es Verbindungen gibt, gab es aber nicht. Warum sich die beiden getrennt haben, weiß ich nicht. Wir waren alle nur überrascht, und da gab es noch eine Frau, die versucht hat, sich an Tasse ranzumachen, hat aber nicht geklappt - die hieß - warten Sie mal - die hieß Waldi Metz.”
Brechmann nickte. Ihn interessierte diese Waldi Metz, aber der Alte wußte nicht, wo man sie finden könnte. Sie sei etwas forscher gewesen als die Schürmann. Besonders, was Männer anbelangte. Klar, die Schürmann sei auch verheiratet gewesen, aber jeder in der Bank hätte doch geglaubt, daß die sich scheiden läßt und den Tasse heiratet.
“Aber bei Waldi war das was anderes”, meinte er, “sie interessierte sich nicht für Männer schlechthin – das kann man nicht sagen –, sondern für interessante Männer, wie sie mir mal sagte. Sie wurde oft

von Männern abgeholt, und wie die Kolleginnen meinten, waren's immer tolle Männer. Angeblich soll der Tasse ja auch so einer gewesen sein. Angeblich."

Brechmann wollte gehen, doch der Alte nötigte hn zu bleiben, fuhr eine Ladung Bier auf, erzählte weiter von längst vergangenen Zeiten, von der Geschichte der Bank, von seiner inzwischen verstorbenen Frau. Brechmann hatte noch einige Versuche unternommen zu gehen. Er ging aber nicht. Der Alte hatte wahrscheinlich noch Tage später Muskelkater in den Sprachorganen.

16

Unter den Astern rumorte es laut. Die Bettdecke hob und senkte sich im Rhythmus eines überwältigenden Schnarchgeräusches.

Brechmann war bei Baach noch ganz schön unter die Räder gekommen. Als er gegen 19.00 Uhr zu Hause eingetroffen war, fand er nur noch den Weg in sein Bett. Durch das Fenster strömte inzwischen etwas kühlere Abendluft in das Schlafzimmer. Doch noch blieb die Hitze in diesem Raum unerträglich. Aber Brechmann schlief.

Sein Schweiß wurde von den Astern aufgesogen. Sie waren froh für jeden Tropfen Flüssigkeit.

Es klingelte an der Haustür.
Vergebens.
Ein zweites Mal gab die Türglocke Laute von sich.
Wieder nichts.
Das Schellen wurde immer eindringlicher und immer gnadenloser.
Nach und nach kam Bewegung in das Blumenbeet.
Die Klingelpausen wurden noch kürzer, die Klingelmomente immer länger. Irgendwann rollte Brechmann aus dem Bett. Sein erster Griff galt seinem Kopf, der die Ausmaße eines mittleren Heißluftballons angenommen hatte. "Nachmittage mit einem Komponisten sind anstrengend," murmelte er. Nach altbewährter Manier wählte sich der Detektiv seine Unterwäsche und öffnete erst einmal die Tür. Während der kurzen, schmerzhaften Waschaktion rief er in den Flur herüber: "Gehen Sie ins Büro, ich komme gleich." Wieder im Schlafzimmer, zog er sich noch eine Hose und ein kurzärmliges Hemd an. All das mit der Hand am Kopf.
Die Zeit 20.00 Uhr.
Die Hitze: unausstehlich.
Auch Tasse schwitzte im Büro.
Er hatte sich zuerst gesetzt, lief aber jetzt im Raum auf und ab. Seine Nervosität konnte ihm selbst ein Laie ansehen. Immer wieder ging er zum Fenster und sah auf die Straße, wo sich sein treuer Begleiter an einem Baum zu schaffen machte.
Brechmann kam herein und setzte sich behutsam auf seinen Schreibtisch.

"Hören Sie - das hört gar nicht auf – Sie wollen nur Geld – und ich werde weiter verfolgt – sogar unter ihrem Fenster steht dieser Mann – Sie sind doch stark – verprügeln Sie ihn – oder genauer gesagt, bringen Sie ihn um – ich zahle ja – und wenn ich meine Wohnung aufgeben müßte – ich bin schon vom Dienst beurlaubt, um mal richtig auszuspannen – aber das macht mich noch viel fertiger –."
"Ferticher", verbesserte Brechmann.
Tasse sah auf und redete nicht mehr weiter.
"Also?" fragte Brechmann.
"Nichts also", resignierte Tasse, "was haben Sie gefunden, oder arbeiten Sie nicht mehr daran?"
Der Detektiv gab einen kurzen Überblick über seine Ermittlungen. Er beobachtete seinen Klienten dabei genau. Tasse behauptete zunächst, von dem Banküberfall nichts zu wissen. Erst als Brechmann von seiner Heldentat erzählte, und er Tasse einen erbärmlichen Lügner nannte, fiel es diesem nach und nach wieder ein.
Trotzdem verstand er die Zusammenhänge nicht.
"Wir haben uns getrennt, weil es einfach nicht mehr ging mit uns beiden. Schließlich waren wir beide verheiratet. Das geht doch nicht auf Dauer. Genauer gesagt, meine Frau hätte was erfahren. Sie weiß bis heute nichts davon. Ich wollte sie nicht aufgeben. Bitte, was hat das alles mit den Verfolgern zu tun?"
Brechmann sah ihn an.
"Das frage ich Sie!"

“Mich? Es ist doch alles sinnlos. Schaffen Sie mir die Verfolger vom Hals, sonst nichts!”
“Bin dabei.”

Also eins ist klar, Herr Oberkommissar, Tasse braucht Hilfe gegen seine Verfolger. Er will nur für heute von Dir, Werner Brechmann, gerettet werden. Soweit ganz richtig von ihm gedacht. Nur weiß der was, und das, Werner Brechmann, kitzelst Du ihm noch heraus.

Brechmann sprach ihn darauf an. Aber Tasse ließ sich nicht mehr aufhalten.
Er ging.
Brechmann schlug sich einige Eier in die Pfanne, setzte Kaffee auf und holte sich eines seiner dänischen Magazine als Lektüre zum Abendbrot.
Nach wenigen Minuten ging er ins Bad und kotzte das ganze Menü wieder aus.
Wieder klingelte das Telefon.
“Verdammte Scheiße, warum kann man nicht mal in Ruhe göbeln?”
Er ging zum Telefon.
“Brechmann.”
“Gierßen, Hamms Gierßen.”
“Wie bitte?”
“Gierßen.”
“Schon klar, aber wie war der Vorname?”
“Hamms, H-A-M-M-S, Hubert, Adalbert, Maria, Magdalena, Siegfried!”
“Ah, so, klar. Was wünschen Sie?”

“Ich rufe an wegen einer Betriebsfeier. Ich habe ein Fensterputzunternehmen. Nächste Woche Samstag feiert unsere Firma ‘Gierßen 2000’ ihr dreijähriges Bestehen, und wir suchen jetzt noch eine gute Stimmungskapelle. Ich habe Ihre Nummer von einem Bekannten, der ist 2. Vorsitzender vom Angelverein ‘Lange Rute’, und der hat Sie mir sehr empfohlen.”
“Nun ja, das stimmt schon, nur bis Samstag, das wäre ja dann der 5.9., das ist natürlich etwas knapp. Da weiß ich nicht, ob ich bis dahin so auf die Schnelle alle Orchestermitglieder errreiche und ob auch alle Zeit haben.”
“Das habe ich mir schon gedacht, Herr Brechmann, aber sehen Sie, wir hatten ja schon seit Ende März die drei Sonny Boys unter Vertrag. Nun ist aber letzte Woche der Chef mit der Gruppenkasse, mit allen Instrumenten und dem Groupie davongerannt. Und jetzt stehen wir da.”
“Haben Sie es denn schon einmal bei den vier Pumuckels versucht?”
“Ja, aber Fehlanzeige. Auch die fünf Gigolos können nicht. Sie mit Ihren Moonlight Lovers sind praktisch meine letzte Rettung.”
“Wieviele Leute kommen denn?”
“Also von der Firma sind wir fünf, mit Frauen bzw. mit Freundinnen sind wir zehn. Von der Kundschaft haben wir circa 35 Personen eingeladen. Also ich denke, es wird sich so bei ungefähr 50 bis 60 Gästen einpendeln.”

“Wo findet die Chose statt?”
“Bei uns in der Firma im Übungsraum.”
“Im Übungsraum?”
“Ja! Die Lehrlinge müssen doch erst irgendwo mit der Materie vertraut gemacht werden, nech? Sehen Sie, es gibt doch Quarzglas, Dünnglas, Dickglas, Kieselglas, Kristallglas, Thermopene, Farbglas, Trübglas und so weiter und so weiter, und jedes Glas muß doch anders behandelt werden.”
“Sie haben jedes Glas in Ihrem Übungsraum?”
“Wir haben insgesamt 31 verschiedene Glase, jeweils ein qm Fläche. Natürlich auch mit unterschiedlichen Rahmen. Allein bei Holzrahmen gibt es ja Eiche, Esche, Buche, Rüster...”
“Schon gut, schon gut. Sagen Sie mal, diese Übungsstücke sind dann auch in dem Raum? Während der Feier, meine ich.”
“Selbstverständlich! Wir benutzen sie als Raumteiler. Blitzeblank und hochglanzpoliert.”
“So, so, als Raumteiler! Ja, wenn Sie meinen.”
“Herr Brechmann, nun noch eine Frage – äh – wie ist das mit dem – äh – Finanziellen? Wie sind da Ihre Vorstellungen ?”
“300 cash plus Essen, Trinken und Instrumentenversicherung.”
“Alles klar, Herr Brechmann, kein Problem.”
“Gut, Herr Gierßen, ich denke doch, daß dann alles in Ordnung geht. Wann sollen wir da sein?”
“Gegen 20 Uhr soll das Fest beginnen.”
“O.K., wir sind dann um 19 Uhr da. Ach, noch etwas,

Herr Gierßen, sollen wir im Laufe des Abends auch eine Polonaise veranstalten?"
"Aber ich bitte darum. Was ist schon eine Feier ohne eine zünftige Polonaise?"
"Das stimmt. Da haben Sie ganz recht. Wir werden unser Bestes tun. Bis zum fünften dann. Gut gehen."
"Tschüß, Herr Brechmann und schon im voraus schönen Dank, nech."
Brechmann legte auf, ging ins Bad zurück und fuhr in aller Ruhe fort, sich zu übergeben.

17

Der nächste Morgen.
Vorn am Lehrpult saß ein junger Mann.
Die Tische und Stühle waren wie für eine Klassenarbeit aufgebaut.
Die Stühle waren unbequem.
Brechmann hatte drei Sitzgelegenheiten ausprobiert, aber alle boten den gleichen Komfort.
Kein Wunder, alle Stühle waren gleich.
Er hatte sich drei dicke Wälzer geben lassen. Frühjahr 1967.
Es war eine langwierige Aufgabe, die Ausgaben der Westfälischen Rundschau von März bis Mai 67 zu studieren.

Logischerweise beschränkte er sich auf die Lokalseiten. Es hatte sich nicht viel geändert, stellte Brechmann schnell fest. Die Überschriften paßten auch in die aktuellen Zeitungen.
Wer wird Vorsitzender des Gesangsvereins? Was denken die Anwohner der sowiesoten Straße über ...? Verkehrsunfälle auf der B1! Nur die Mode spielte auf den Bildern noch nicht so richtig mit. Aber der Detektiv war auf einer anderen Fährte. Er fand zunächst einen Bericht über den bevorstehenden Umzug der Filiale, wodurch die ohnehin schon gute Kundenbedienung noch besser werden könne. Schneller, rationeller und netter sollte es in der neuen Filiale zugehen und natürlich moderner. Dann ein Gespräch mit dem damaligen Filialleiter, der kurz vor der Bescherung stand (alles schien wie Weihnachten zu sein, dabei schrieb man erst den 16.03.1967). Das alte Gebäude, um dessen Erhalt sich 20 Jahre später Bürgerinitiativen mit der Verwaltung der Sparkasse gestritten hätten, wurde als Schandfleck eines modernen Stadtteils bezeichnet. Der Umzug war so gut vorbereitet wie der Abriß. Eine Woche später folgte ein zweiter Artikel über den Umzug. Diesmal wurden Kunden befragt. Eigentlich bedauerten nur die Alten (die unverbesserlich gestrigen) den Abriß und Umzug. Einer meinte sogar, daß man dort die Liebenswürdigkeit der Schnelligkeit und Rationalität opfern würde. Diese Stimme wurde allerdings nicht sehr ernst genommen. Andere hatten andere Meinungen. Der Termin

für den Umzug sollte der 1. April sein. Neueröffnung Montag, den 02.04.1967.
In der Samstagsausgabe vom 31.03.1967 wurde Brechmann endlich fündig:

> Gestern morgen, kurz nach 8.30 Uhr, drang ein bewaffneter Bankräuber in die Zweigstelle der Stadtsparkasse in Kirchhörde ein. Mit vorgehaltener Pistole hielt er die Angestellten in Schach und forderte die Herausgabe der gesamten Barschaft. Er schien über den Sitz der Alarmknöpfe bestens informiert zu sein. Daher wurde die Alarmanlage nicht ausgelöst. Nach kurzer Zeit verließ er die Schalterhalle um etwa 500 000 DM reicher. Offensichtlich hatte ein Komplize des Räubers vor der Tür der Filiale 'Schmiere' gestanden. Der äusserst mutige Bankangestellte Borg Tasse nahm sofort die Verfolgung der Gangster auf. Er verhinderte durch lautes Rufen, welches Passanten aufschreckte, daß die Räuber das fahrbereite Fluchtfahrzeug (einen 190er Mercedes, vollgetankt, gestohlen auf der Hagener Straße) zur weiteren Flucht benutzen konnten. Stattdessen flüchteten sie in ein nahegelegenes Waldgebiet. Der mutige Bankangestellte gab hier die Verfolgung auf. Aus Angst, wie er der Westfälischen Rundschau gegenüber erklärte.

Am Montag, den 02.04.1967 meldete die Zeitung schon, daß einer der Gangster bereits am Freitagabend verhaftet worden sei. Der zweite, bei dem es sich vermutlich um eine Frau handele, sei noch auf freiem Fuß, wie auch von der Beute noch jegliche Spur fehle. Daneben ein Foto des Gangsters, der Brechmann bekannt vorkam.

Mensch Werner, Du warst doch fast mitten drin in der Bankraubgeschichte. Das mußt Du Dir zu Hause noch einmal ganz genau durch den Kopf gehen lassen. Irgendetwas ist Dir doch schon damals aufgefallen.

Von den Tätern und der Beute war auch in den Sommermonaten keine Rede mehr.
Den Zeitungsartikel mit der Gerichtsverhandlung fand Brechmann ebenfalls nicht.
Er zog sich Kopien der Artikel und steckte sie sich ein. Danach verließ er das Zeitungsarchiv.
Auf dem Neuen Markt suchte sich Brechmann einen freien Platz in einer der anliegenden Gaststätten. Draußen war es voll, drinnen leer und kühl. Die Zeit 12.30 Uhr.
Schon nach drei Stunden torkelte Brechmann abgefüllt aus der Kneipe. Die Biere waren ihm angenehm durch den Rachen gezischt.
Nicht unangenehm, die Kurzen zwischendurch.
Die Hitze machte ihm nichts mehr aus. Brechmann ging nach Hause.

Dort erwartete ihn ein freundliches Asternbeet – Asternbett.

18

Das weiche Frühstücksei erfreut sich schon seit langem wachsender Beliebtheit. Schon seit Jahrzehnten oder Jahrhunderten hat man Eier zum Frühstück gegessen. Doch waren erst Phasen von gewollt harten Eiern zu überstehen, bis sich letztendlich das weiche Ei durchsetzen konnte.
Man sagt auch: "Weichei!"
Brechmann liebte es jedenfalls, zum Abendbrot ein hartes Ei zu essen, wie er es auch liebte, harte Nüsse zu knacken. Erdnüsse waren nicht sein Fall.
Das Abendbrot nach dem durchzechten Tag fiel allerdings recht dürftig aus. Zwei hartgekochte Eier – auf nichts anderes hatte der Detektiv Appetit.
Später – etwa gegen 19.30 Uhr – rief Brechmann seinen Freund Willy an. "Mal nüchtern?", fragte der. Brechmann überhörte es.
"Also, paß auf, es dreht sich um einen Banküberfall, verübt in der alten Filiale 34 der Stadtsparkasse Dortmund am 30.03.1967. Es interessiert mich dabei, wer die Täter waren – in den Zeitungen waren keine Namen angegeben – ob sie beide gefaßt wurden, ob die Beute aufgetaucht ist, und wie lan-

ge die Täter gesessen haben, das heißt natürlich auch, falls Ihr das wißt, wo sie heute leben."
Willy räusperte sich.
"Moment, ist das nicht ein bißchen viel auf einmal? Was läßt du dafür springen?"
Jetzt räusperte sich Brechmann.
"Es wird dein Schaden nicht sein", was besseres fiel ihm nicht ein.
Das sagte ihm auch Willy.
"Was willste denn?"
"Denk an den letzten Probeabend und üb!"
"Ach du liebe Güte, naja, wenn's sein muß – o.k."
"Na also, warum nicht gleich so. Ich ruf dich wieder an."
"Moment noch, Willy! Eine kleine Bitte habe ich. Du, schau doch mal, ob du etwas über eine gewisse Waldi Metz herausbekommen kannst. Sie arbeitete damals in der Filiale, und sie hatte angeblich auch was mit meinem Klienten."
Sie legten auf. Willy nutzte seine Dienstzeit, um an die gewünschten Informationen zu kommen, während Brechmann anderes im Kopf hatte. Er hatte einen Zettel vor sich liegen, auf dem er verzweifelt versuchte, alle Informationen von J.S.Baach unterzubringen. Nach und nach erinnerte er sich doch an viele Einzelheiten.
Plötzlich sah er auf, kniff sich in seinen Schwanz und legte seine Kinne in seine andere Hand, wobei er das Gewicht, mit seinem Ellbogen abstützend, auf seinem Unterarm hielt.

Das ist es, Werner, das kann es auch sein (dem aufmerksamen Leser wird nicht entgangen sein, daß er sich hier nur mit seinem Vornamen angeredet hat. Ein Zeichen von Vertrautheit!).
Immer mit der Ruhe Werner, langsam, nichts überstürzen.

Er erhob sich bedächtig.
Er ging ohne Jacke ins nächtliche Vergnügen. Es war ja schließlich Freitagabend.

19

"Ja, wissen Sie, wir sind gute Nachbarn. Wir waren immer gute Nachbarn. Er ist wirklich ein sehr netter Mann. Er hat mir auch schon oft meine schwere Tasche hochgetragen. Sagen Sie mal ehrlich: Hat er das nötig? Ich sage Ihnen, das hat er nicht. Er ist eben ein netter, gutmütiger Mann. Auch Frau Doktor ist sehr nett. Sie ist nicht oft da. Aber wenn sie da ist, dann redet sie auch mit unsereinem. Sagen Sie mal ehrlich: Hat sie das nötig? Ich sage Ihnen, das hat sie nicht!"
Endlich eine Redepause in der Laudatio.
Brechmann sah auf seine Uhr, 10.00 Uhr.
"Wissen Sie, wann die Praxis eingerichtet wurde?"

“Aber sicher weiß ich das. Glauben Sie, ich leide an Verkalkung? Mit 60 Jahren an Verkalkung! Sie haben Vorstellungen. Ich würde sagen, Sie haben keine Ahnung. Aber der Doktor, der ist nett! Wissen Sie ...”
Brechmann unterbrach sie. Sie war eine drahtige Person. Dünn und schnellredend.
Er war die Ruhe selbst. Jede Bewegung tat ihm weh.
“Ich weiß, wie nett der Doktor ist, auch seine Frau ist nett, und die Sprechstundenhilfe ist auch ganz o.k. Mich interessiert eher die Praxis... “
“Sauber ist die, sehr sauber sogar. Ich gehe selbst hin, wenn ich was habe.”
“Aha, wir kommen der Sache schon näher. Seit wann ist diese Praxis schon in diesem Haus?”
Brechmann mußte sich zur Ruhe zwingen. Glücklicherweise juckte sein fettiger Schädel. Daher konnte er seine Energien in seine Fingerspitzen übertragen.
“Wissen Sie, das war in der Zeit, als mein Vater starb. Deshalb weiß ich es auch noch so genau. Denn wir hatten die Wohnung, in der jetzt die Praxis untergebracht ist. Mein Vater hatte eine gute Rente, meine Mutter war schon ein Jahr vorher gestorben. Krebs – es war eine scheußliche Zeit für uns alle. Dieses Dahinsiechen, da machen Sie sich kein Bild von. Das ging an meinem Vater auch nicht spurlos vorbei. Er ist deshalb auch schon ein Jahr später gestorben. Der war bis zuletzt kerngesund. Das kann Ihnen auch passieren. Vielleicht schon gleich, so wie Sie aussehen.”

Düstere Aussichten.
“Wann ist Ihr Vater gestorben?”
“Das war – lassen Sie mich überlegen – das war im Mai 1967. Wir waren so froh, daß wir den Doktor so schnell als Nachmieter gefunden hatten. Wissen Sie, die Wohnung oben wurde frei, und die unten, die war uns dann zu groß und zu teuer. Die sind dann schon im Juni eingezogen. Und das sag ich Ihnen: alles nur beste Qualität, die Möbel, die Tapeten, die Teppiche und dann die ganze Praxiseinrichtung, mein Mann hat gesagt: unbezahlbar. Aber es wird ja auch einiges verlangt, damals auch schon.”
Sie nickte und sah an ihrem Kittel herunter.
Brechmann an seiner Hose.
Er hatte keine Jacke an. Es war zu heiß.
“Kennen Sie auch die Eltern von ihm oder ihr?”
Sie hatten sich in ihrem Wohnungsflur unterhalten. Die Tür zum Treppenhaus stand offen. Sie sah Brechmann an, schob ihn zur Seite und verschloß hinter ihm die Tür.
Obwohl man bis herunter zur Praxis dem Gespräch kaum folgen konnte, auch wenn man es wollte. Außerdem war Samstag.
Sie schloß also die Tür.
“Ihre Eltern sollen schon früh gestorben sein, Autounfall. Sie soll erst 17 oder 18 gewesen sein, mußte also schon früh auf eigenen Füßen stehen. Aber er – so nett wie er ist – er hat sich mit seinen Eltern völlig verkracht. Der läßt die nicht mal rein. Die waren nämlich kurz nach der Praxiseröffnung mal da. Der

hat sie wieder rausgeschickt. So'n netter Mann und schickt seine eigenen Eltern wieder raus. Ich hab sie dann eingeladen, daß sie wenigstens 'nen Kaffee kriegen. Manchmal rufen die hier an und fragen nach ihm. Ob er noch gesund ist und so. Aber ihr eigener Sohn spricht nicht mit denen – seit zwanzig Jahren, stellen Sie sich das mal vor. Naja, was wollen Sie machen."

"Haben die Eltern ihm denn die Praxis eingerichtet?"

"Ich weiß es nicht. Das sind ganz einfache Leute, die kommen aus Lüdinghausen. Das ist so'n Dorf oder so'n Städtchen irgendwo im Münsterland."

Brechmann schubberte seinen Rücken am Türrahmen.

Er nahm den Putzteufelgeruch der Wohnung jetzt noch intensiver wahr und bedauerte es, keinen Schnupfen zu haben. Sein Blick wanderte zur Tür.

"Sagen Sie – Sie sind doch von der Kriminalpolizei – was – äh – was ist da denn los mit dem Doktor. So nett wie der ist ... ."

"Vielen Dank", sagte Brechmann und "Sie haben uns sehr geholfen, können wir Sie nochmal ansprechen, wenn wir noch Fragen haben?"

Ihm grauste es bei dem Gedanken.

"Aber selbstverständlich. Aber sagen Sie doch mal, um was es sich dreht."

Brechmann seufzte, tat einen Schritt zur Tür und verschwand aus der Wohnung.

Sein Bauch zog ihn die Treppe hinunter.

Er dachte an Jeremias Stefan Baach.
Auch der alte Mann wollte viel erzählen, auch da war er froh, wieder allein zu sein. Trotzdem war es anders.
Die spiegelnde Sonnenbrille tauchte aus der Hose auf.
Sie bekam einen Logenplatz auf der Nase.
Auf der Straße erwartete der Alpin seinen Meister.
Eine Wagentür wurde aufgezogen und zugeschlagen.
Der Alpin ging in die Knie.
Brechmann fuhr heim.

20

Es war 12.00 Uhr, als Brechmann in seiner Wohnung ankam.
Die Hitze machte ihm zu schaffen.
Der Schweiß rann an ihm herunter. Zum Glück trug er offene Sandalen.
Das Telefon ging. Wohin?
Naja, es schellte.
Brechmann stöhnte, wollte zunächst gar nicht drangehen.
Dann fiel ihm ein, daß es vielleicht Willy sein könnte.

“Ja”, knurrte er in den Hörer.
“Schürmann!”
Brechmann war schlagartig wach.

Die Swimmingpoolliebe – es wird doch noch was mit uns beiden.

Ihm fielen ihre Brüste ein, ihr geöffnetes Bikinioberteil, die angenehme Kühle im Bassin.
Er konnte ihr gar nicht zuhören.
“Wann sehen wir uns”, fragte er nur.
“Brechmann, hören Sie mir zu, bitte, Sie sind noch dran an der Sache mit Borg?”
“Klar.”
“Ich kann Ihnen vielleicht weiterhelfen. Aber nicht am Telefon.”
“Am Swimmingpool vielleicht!”
“Haben Sie – was haben wir – heute ist Samstag – haben Sie, sagen wir, am Dienstagnachmittag gegen vier Zeit?”
“Ich habe sogar jetzt direkt Zeit und vor allem Lust!”
“Was ist mit Dienstag?”
“Das geht.”
“Also, bis dann!”
Sie hatte schnell aufgelegt.
Brechmann setzte sich, schloß die Augen und ließ ihren begehrenswerten Körper vor seinem geistigen Auge erscheinen.
Er leckte sich die Lippen und strich über seinen behaarten Bauch.

Auch sein Genital kam nicht zu kurz. Zwischen den Beinen regte sich etwas.
Trotz der Hitze.
Ihm war doch zu heiß. Deshalb stand er auf und holte sich eine kühle Dose Bier. Er trank sie schnell aus und legte sich zur Mittagspause ins Bett. Er stellte sich den Wecker auf 14.30 Uhr.

21

Lüdinghausen war ein kleines Städtchen. Zu klein, fand Brechmann. Er hatte keinen Sinn für kleine Häuser und schmale Straßen, wenn nicht in unmittelbarer Nachbarschaft das Großstadtleben pulsierte. Wer sich hier in diesem Nest zur Mittagszeit eine Dose Bier trinkt, der ist schon als Säufer verschrien, auch wenn dieses heimlich, hinter verschlossenen Türen in einem abgedunkelten Raum geschah, dachte Brechmann. Nein, er mochte diese Städte nicht.
Für einen Detektiv hatten sie allerdings entscheidende Vorzüge. Jeder wußte alles, und jeder erzählte alles. Brechmann war also guter Dinge. Den erstbesten zutraulichen Passanten fragte er nach Schürmanns. Der konnte den Namen aber nur mit einer gewissen Petra in Verbindung bringen, die er schon Mal 'am Fernseher' gesehen habe. Auch

andere verhielten sich ähnlich. Ein Blick ins Telefonbuch half weiter. Ein raffinierter Schachzug, fand Brechmann.
Die Schürmanns wohnten in einem Vorort namens Seppenrade. Der Weg dorthin war schnell gefunden.
Brechmann war wieder zuversichtlich. Gleich den ersten Passanten fragte er nach Schürmanns. Der konnte den Namen tatsächlich mit einer Familie in Seppenrade in Verbindung bringen.
"Die haben in der Vogelsiedlung – die nenn ich so, weil dort die Straßen alle nach Vogelnamen benannt sind – Anfang der 60er Jahre ein kleines Häuschen gebaut. Im Eigenbau. Er ist nämlich Maurermeister beim Bauunternehmer 'Pilot' hier in Seppenrade gewesen. Ist jetzt wohl aber pensioniert."
"Haben die Schürmanns auch Kinder?"
Der etwas ältere, aber noch rüstige Mann, den Brechmann angesprochen hatte, sah ihn an und überlegte.
"Doch, einen Sohn hatten die. Das war so ein Überflieger. Immer der Beste in der Schule. Hat, glaube ich, sogar studiert. Aber der ist wohl tot. Wann der gestorben ist, weiß ich nicht. Muß aber auch schon fast zwanzig Jahre her sein."
"So'n Quatsch, der ist doch gar nicht tot", mischte sich eine noch etwas ältere und noch etwas rüstigere Frau ein, "was erzählste da, Heini."
"Na, was soll denn sonst mit dem sein? Schließlich gibt es den ja auch nicht mehr."

“So’n Quatsch! Den gibt es doch nur nicht mehr in Seppenrade.”
“Nur nicht in Seppenrade, wenn ich das schon höre!”
Heini war außer sich. Auch die Frau wurde krötig. Aber sie schlugen sich nicht. Schon gar nicht mit Schirmen auf den Kopf. Sie stritten sich und schweiften immer mehr vom Thema Schürmann ab.
Brechmann stand daneben und wartete besorgt. Ein günstiger Augenblick, eine Gesprächspause. Dann wandte er sich an die Frau.
“Was meinen Sie denn, was der Sohn der Schürmanns jetzt tut?”
Sie sah ihn an.
“Nur wenn ich ausreden darf”, stellte sie die Bedingung.
Brechmann nickte sofort.
Heini brauchte etwas länger, bis er seinen Kopf in vertikale Bewegung brachte.

“Also gut, Heini, Du bleibst jetzt mal ruhig”, ersparte sie sich einen kleinen Seitenhieb nicht, “der Sohn ist nämlich Arzt. Richtiger, reicher Arzt. Der hat sich ne reiche Frau genommen, die ihm alles bezahlt, hat sich ne Praxis aufgemacht und lebt in Saus und Braus. Der wirft mit Geld und Frauen nur so um sich. Das haben seine Eltern wirklich nicht verdient.
Die haben nämlich ihr Leben lang gearbeitet nur für ihren Peter. Der sollte es mal besser haben. Hat der auch. Wißt Ihr, was die Erna sagt, die wohnt da näm-

lich nebenan, die haben erst vor ein paar Jahren ihr Haus abbezahlt. Das ganze Studium haben die bezahlt, kaputtgearbeitet haben die sich für ihren Sohn. Im Haus haben die sogar Räume für die Praxis geplant gehabt. Natürlich nicht so feudal wie in Dortmund. Und jetzt leben die von ner mickrigen Rente, sowas Undankbares! Das ist doch zum Blasenheulen!"
"Woher willste das eigentlich alles wissen?" (Originalton Heini)
"Vielleicht war ich mit der Erna mal in Dortmund? Da haben wir uns das mal angesehen. Die Praxis müßtet Ihr mal sehen. Und dann das Wohnhaus, das ist ja eine Villa, mit Swimmingpool und allem. Da ist, glaube ich, sogar ein Ringer als Diener. Wie im Schloß, sag ich Euch."
"Und – äh – warum – äh – versteht der sich mit seinen Eltern nicht mehr?"
"Na, ist doch klar. Die sind nicht mehr standesgemäß für so einen, da sagt er lieber, daß er keine mehr hat."
"Hat es auch Streit gegeben?"
"Wissen Sie, das ist schon fast zwanzig Jahre her. Aber vielleicht weiß die Erna das. Wenn Sie zum Marktplatz gehen, da ist ein Café, da wollte die rein, wissen Sie, ich hab sie gerade noch getroffen, und eigentlich hab ich gar keine Zeit. Ich muß nämlich..."
Sie überlegte.
"Ach, wissen Sie, ich komme einfach mit. Ist ja doch

ein interesssantes Thema. Willste auch mitkommen, Heini?"
"Gern", sagte der eifrig und trabte auf der Stelle an. Endlich mal was los in Seppenrade.

22

Sie kamen zusammen im Café an und bestellten sich zu essen und zu trinken.
Brechmann wurde ein Stück Apfelkuchen aufgeschwatzt, weil: "Das ist der beste vom ganzen Münsterland."
"Sogar im Domcafé in Paderborn, beim Meßdiener-Seniorentreffen gibt's den nicht so gut", warf der weitgereiste und weltgewandte Heini ein.
Folgendes förderte das Gespräch zutage:
Erna war im selben Alter wie die beiden anderen. Sie gingen alle gleichzeitig zur Schule, bei Frau Lampe, das war noch 'ne Lehrerin, Heini war wohl etwas jünger, aber es gab nur eine Klasse in der Schule, und da waren sie alle drin, auch der Schürmann und die Großegesse, die heutige Frau Schürmann, beides nette Leute (das kam Brechmann bekannt vor, auch der Sohn war so nett und die Schwiegertochter auch – eine nette Familie), die Großegesse soll ja auch so schlau in der Schule ge-

wesen sein, wie nachher der Peter auch, und er, der Schürmann, ist immer noch so gutmütig. Der arbeitet soviel, obwohl pensioniert – schwarz versteht sich, muß aber auch sein, bei der Rente, und sie – naja. So zog sich das Gespräch dahin. Die Alten schwafelten vor sich hin, ohne dem Detektiv besondere Aufmerksamkeit zu schenken. Mehrmals hatte er versucht, die Schwierigkeiten der Eltern mit ihrem Sohn ins Gespräch zu bringen.
Leider gelang es ihm überhaupt nicht. So mußte er sich mit der Rolle eines kleinen Statisten abgeben, der Bissen für Bissen die Bestände dieser kleinen Konditorei bei Kaffee und Tscha-tscha-tscha in sich hineinzuschlingen hatte. Als noch Sahne ins Spiel gebracht wurde, freundete er sich sogar mit seiner Rolle an.
Nach dem Apfelkuchen kam der Kirschkuchen.
"War ja eigentlich auch ein Skandal damals, wie die Schürmanns geheiratet haben, die mußten nämlich heiraten, da war was unterwegs, was sich später als Peter herausstellte, aber dann gings mit denen ganz gut, die fingen an, sich ein Haus zu bauen, die konnten dem Sohn ein Studium geben, man selbst ist auch mal gerne vorbeigegangen, bißchen geklönt, naja, dann kam der Krach mit dem Sohn, wenn Sie mich fragen, der ist einfach zu verwöhnt, brauchte sich nie um was zu kümmern, hatte ja seine Eltern, und jetzt hat der auch so Geld genug und wirft mit Frauen und Pferden um sich, daß es eine Art hat."

Brechmann, dem allmählich vom Kirschkuchen flau wurde, stieg um auf Pflaumenkuchen und machte keinen weiteren Versuch, sein Thema einzubringen.

"Das war wohl wegen der Frau, der hat ja als Student schon geheiratet, wahrscheinlich 'ne Evangelische, wo doch seine Mutter im Kirchenvorstand ist und er selber Meßdiener war", – "Obermeßdiener", verbesserte an dieser Stelle der schlaue Heini.

Nein, damit habe das nichts zu tun, das sei wegen des Geldes, die Eltern wollten, daß er sie beim Abstottern des Hauses unterstützt, aber der kannte bei Geld keine Verwandten, nein, damit habe das nun überhaupt nichts zu tun, das sei vielmehr wegen seines Lebensstils, der kam doch, obwohl er verheiratet war, mal mit 'ner ganz anderen Frau an, dann belegt der noch ein Schlafzimmer mit der im elterlichem Haus, wahrscheinlich wieder 'ne Evangelische, die Mutter im Kirchenvorstand, er selber Meßdiener – Obermeßdiener, verbesserte Heini – klar, Obermeßdiener sogar und dann sowas, da hat der alte Schürmann neben seiner weinenden Frau ein Machtwort gesprochen, seitdem ist der Junior nicht mehr aufgetaucht, gesagt hat er's auch, daß er nie, aber wirklich nie wiederkommen würde, das müßte man dem ja nun auch lassen, daß er wenigstens sein Wort hält, die Eltern sind sogar mal nach Dortmund gefahren, um sich zu entschuldigen, aber der hat sie nur wieder rausgeschmissen, gesagt hat er dabei, daß er sie nicht kennen würde, die rufen da

immer mal 'ne Frau an und fragen die, wie's ihm geht."
Der Statist Brechmann kaute nicht mehr, er verdaute nur noch.
Dem Pflaumenkuchen waren noch Stücke Erdbeer- und Stachelbeerboden gefolgt.
Aber bitte mit Sahne!
Er mußte sich noch einige Geschichten über Erna anhören, als diese gegangen war, genauso war es mit Heini. Die Dame aber, die eigentlich gar keine Zeit hatte, war am längsten geblieben und blieb auch noch, als Brechmann ging.

23

Brechmann fuhr in die Vogelsiedlung. Er hatte sich den Weg zu Schürmanns Haus erklären lassen. Unterwegs mußte er nur einmal kurz anhalten, um sich an einer sauber gestutzten Hecke zu übergeben. Die Hälfte der Vorräte der Konditorei fielen ihm aus dem Gesicht. "Vielleicht hätte ich statt des Stachelbeerbodens doch den westfälischen Schinken essen sollen", murmelte er, als er sich das bunte Allerlei besah.
Dann schob er sich ein Lakritz in den Mund und setzte gelassen seinen Weg zu Schürmanns fort.

Er schellte an.
Er war erstaunt über die Figur des alten Schürmann, der seinen Schätzungen nach über 70 Jahre sein mußte.
“Was möchten Sie?”
“Entschuldigen Sie die Störung. Mein älterer Bruder schickt mich. Er möchte gern ein Studententreffen mit Medizinern aus München, Abschluß 1967, organisieren und da war Ihr Sohn Peter auch dabei.”
Brechmann musterte den Mann. Der zeigte jedoch keine Regung. Hinter ihm erschien eine Frau. Sie wirkte mit ihren 71 Jahren wie eine Greisin, ihre Gesichtszüge waren eingefallen. Aber sie ergriff das Wort. Im Kopf schien sie noch ganz okay zu sein.
“Unser Peter ist verheiratet und wohnt nicht mehr hier. Er lebt jetzt in Dortmund. Sie müßten es da noch einmal versuchen. Sie müssen uns jetzt entschuldigen.”
Sie zog ihren Mann zurück ins Haus und schloß die Tür hinter sich. Brechmann bereute es jetzt, daß er bei den hilflosen Alten die Erinnerung an eine furchtbare Vergangenheit geweckt hatte. Ihm taten die beiden sogar ein wenig leid. Dennoch freute er sich auf seine Verabredung mit deren Schwiegertochter.
Die spiegelnde Sonnenbrille fand wieder Platz auf seiner Nase.
Es war 19.00 Uhr.
Die Hitze hatte ihm nicht soviel ausgemacht an diesem Tag in dem schönen Seppenrade.

24

Auf dem Heimweg hatte Brechmann noch deftig gegessen.
Es tat gut. Besonders nach der Kuchenorgie. Er hatte zwar den Eindruck, daß sich der Schwerpunkt seines Körpers immer mehr nach vorn verlagerte, aber es machte ihm nichts aus.
Gegen 21.00 Uhr öffnete er den Kühlschrank und griff nach einer Dose Bier.
Er hoffte, dadurch wieder klarer denken zu können.

Werner, die Sache muß einfach klar sein. Die teure Praxis, wer soll die bezahlen, wenn nicht der kleine Sparer. Werner, es kann immerhin sein, daß die Schürmann die Bank genau ausgekundschaftet hat und ihr Mann höchstpersönlich den Gangsterboß gespielt hat und Tasse hinterher, weil er den Braten gerochen hat, klar hat er sich ausgenutzt gefühlt von ihr und sie deshalb verlassen. Aber warum verfolgen die ihn jetzt? Warum nur?

Das Telefon klingelte.
Immer schellte es in den unmöglichsten Situationen.
Brechmann hob ab.
“Willy ist hier.”
“Mensch, Willy, haste was rausgekriegt?”
“Klar, wir können den Wienerwald reservieren!”
“Du – mit deinem Händl-Tick.”

“Schon gut, wenn du nicht willst, dann lassen wir es. O.k.”
“Komm, mach voran!”
“Na gut. Der Bankraub war tatsächlich am 30.03. 1967. Am gleichen Tag konnte auch schon einer der beiden Täter gefaßt werden. Sein Name ist Johannes Osterwald, genannt Jonny (sein Lieblingslied war übrigens der Kriminaltango), hat einige Jährchen dafür gekriegt und ist seit ungefähr einem Jahr wieder in Dortmund. Der hat ein Sonnenstudio oder einen Massagesalon in der Kaiserstraße – du weißt schon – geht ihm augenscheinlich ganz gut. Der andere Täter, vermutlich eine Frau, ist nicht gefaßt worden. Auch die Beute ist nie aufgetaucht. Man hat natürlich den Osterwald, sobald der nach Dortmund kam, immer im Auge behalten. Aber der hat sich um die Beute nicht gekümmert, oder er hat die Beobachtung mitgekriegt. Als der vor einem Jahr wieder aufgetaucht ist, hat auch noch ein alter, pensionierter Kollege, der damals mit dem Fall betraut war, um eine Beschattung gebeten. Ist aber abgelehnt worden. Trotzdem hat der eine oder andere von uns – aus alter Kollegialität – mal bei ihm vorbeigeschaut. Das war's eigentlich mit Osterwald.”
“Wo treffe ich den alten, pensionierten Kollegen?”
“Auf dem Hauptfriedhof.”
“Scherzbold! Was ist mit der Metz?”
“Was machen deine Gesangsübungen?”
“Also weißt du noch nichts, hätte ich mir denken

können. Ach – noch was – Wie heißt denn dieser Massagesalon von Freund Osterwald?"
" 'Lunte' – Massagesalon 'Lunte' – ich weiß es aber nicht genau. Ich habe dir sowieso noch einige Kopien zu dem Fall zugeschickt. Wirst du wohl morgen erhalten. Da steht auch die Adresse und alles drin."
"Mensch, Willy, du denkst an alles!"
"Besonders allerdings an die 'Moonlight Lovers'."
Brechmann legte auf.
Sein Bleistift malte Namen und Informationen auf einen dafür bereitgehaltenen Zettel.
Er griff sich eine neue Dose Bier.
Der Tag war sowieso gelaufen, und irgendwie mußte noch für den Kater am nächsten Tag gesorgt werden.
Lieber wäre es Brechmann gewesen, wenn schon jetzt die Schürmann bei ihm wäre.
Bliebe noch das Dosenbier, ein schaler Ersatz.

25

"Also, der Entschluß war damals eigentlich gar nicht so schwer gewesen. Die Zeit stimmte. Ich kannte ihn ja auch schon seit einigen Jahren, wir waren sogar verlobt. Von daher war der Entschluß, meinem Leben eine Wende zu geben, nicht so schwer. Darauf kam es ja für Sie wohl an?"

Der Reporter hatte einige Probleme, seine Kamera zu halten und sich gleichzeitig Notizen zu machen. "Also für uns ist es wichtig, festzustellen, daß man sein Leben verändern kann, wenn man nur will."
Die Frau nickte.
"Ja, wie gesagt, ich hab dann mit meinem alten Leben richtig aufgehört, habe meine Stelle gekündigt – ich war Friseuse in einem angesehenen Beerdigungsinstitut – naja, und da hab ich eben mein Leben so fast von heute auf morgen verändert und bin Hausfrau geworden, dann kamen die Kinder, jedenfalls hab ich es nicht bereut, warum auch?"
"Hatten Sie Schwierigkeiten, den Entschluß, Ihr Leben so grundlegend zu ändern, Ihren Verwandten und Bekannten gegenüber zu vertreten?"
"Nein – das kann man nicht sagen. Eigentlich haben alle sehr verständnisvoll reagiert. Von meinen Eltern habe ich sogar eine ganz tolle Aussteuer bekommen, und die Bekannten haben den Entschluß mit mir gefeiert."
"Hat Ihre Entscheidung auch Ihre Beziehung zu Ihrem Partner beeinflußt?"
"Aber natürlich!"
"Inwiefern?"
"Na, Sie stellen Fragen. Wir haben geheiratet, waren Tag für Tag zusammen, haben Kinder gekriegt. Wenn das die Beziehung zum Partner nicht beeinflussen soll."
Brechmann notierte sich eindrucksvoll die Fakten, befragte die Frau noch weiter nach ihrem vorheri-

gen Leben, nach ihrem jetzigen Leben und so fort. Der Test war geglückt.
Selten war er montags morgens schon so ausgebufft und raffiniert.

26

Der Renault Alpin stoppte vor der Sonnenbank, die angeblich eine gut florierende Massagepraxis sein sollte. Der Parkplatz war allerdings leer.
Die Zeit: 14.00 Uhr
Die Leuchtreklame: BABSYS LUNTE
Brechmann war bestens vorbereitet.
Er hatte seine Utensilien gut verpackt und versuchte sie nun von der Rückbank zusammenzuklauben, was für ihn in dem engen Alpin eine echte Schinderei war.
Dann aber hatte er den Notizblock, die überdimensionale Kamera, den Presseausweis (er wies ihn als Reporter des bekannten Blattes "Freundin Brigitte im Zeit-Stern" aus) und einen guten Kugelschreiber der Marke "Montblanc". Die Kamera erhielt ihren Platz auf dem weiten Wanst des Reporters, obwohl Brechmann dann erfahrungsgemäß Schwierigkeiten mit dem Notizblock bekam. Aber er war der Überzeugung, daß er nur so einen glaubwürdigen

Eindruck als Zeitungsmensch machen könnte. Der Presseausweis (ein altes Stück, das sein Freund Willy ihm mal zum Geburtstag geschenkt hatte) verschwand in der Innentasche seines Jacketts, der Kugelschreiber in der Brusttasche außen. Das Blitzlicht wurde noch auf die Kamera gedreht und störte den fülligen Detektiv schon auf dem Weg zur Ladentür.

Diese wurde von einer netten, dunkelhäutigen und -haarigen Perle geöffnet. Sie war nur leicht bekleidet. Aber das stand ihr ausgezeichnet.

“Sie kommen von der Presse?” säuselte sie in sein Ohr.

“Raten Sie mal”, schweinigelte Brechmann.

“Wenn ich raten soll”, umgarnte sie ihn und fuhr ihm mit ihrem Zeigefinger über seine feuchtschwitzende Nase, “dann würde ich mir wünschen, daß Sie tatsächlich von der Presse kommen.”

“Na gut”, flüsterte Brechmann mit trockenem Hals.

“Können Sie nicht Fotos von mir machen?” bat sie und strich sich über ihre Kurven.

“Darüber läßt sich reden. Vielleicht abends bei mir?” schmeichelte er und strich sich über seine Kurven.

So standen sie sich minutenlang gegenüber. Beide hätschelten und tätschelten, herzten und liebkosten ihre eigenen Körper.

Ein Kunde betrat den Laden und stolperte nach einem Blick auf die Szene völlig verstört wieder hinaus.

Hinter den beiden öffnete sich eine Tür, auf der in großen Lettern Büro geschrieben stand. Ein Mann um die 50 trat heraus. (Augenscheinlich haben wir es in dieser Geschichte mit vielen Leuten zu tun, die so um die 50 Jahre alt sind.)
"Traudel, ist das der Mann von der Presse?" rief er zu seiner Angestellten herüber. "Ja, Boss", schnarrte sie mit einer plötzlich harten, rauhen Stimme. Osterwald kam auf sie zu. Brechmann versuchte sich an das Bild in der Zeitung von 1967 zu erinnern. Osterwald sah zufriedener aus als zur Zeit seiner Verhaftung. Sein Blick war ruhig und gelassen. Auch er schwitzte. Die Hitze. Er war braungebrannt und schlank, achtete offensichtlich sehr auf seine Linie, kein graues Haar war zu sehen, er bemühte sich, jünger zu wirken, als er war.
"Osterwald", stellte er sich mit einer tiefen, selbstsicheren Baßstimme vor.
"Waldheim", log Brechmann, "Kurt."
Sie hatten morgens schon telefoniert. Ostermann schien Spaß an dem Interview zu haben und hatte Brechmann gleich für nachmittags zu sich eingeladen.
Die beiden Herren begaben sich ins Büro, von dem Brechmann ein Foto schoß. Er hätte zu gern auch eines von dem Bankräuber gemacht, aber der hatte gebeten, keine Fotos von ihm, auch nicht von den Kundenräumen zu schießen. Name und Ort sollten in der Zeitschrift geändert werden.
Auf das Büro hätte besser die Bezeichnung Wohn-

zimmer gepaßt. Zwar stand ein Schreibtisch darin, doch viel mächtiger waren die Couchgarnitur und der große flache Tisch.
Auf dem Schreibtisch Unordnung, auf dem anderen Tisch zwei Whiskygläser.
Während Brechmann sich setzte, wurden die Gläser vollgeschenkt.
Prost!
Der Reporter erklärte kurz Sinn und Zweck seines Besuches. Viele Menschen seien daran interessiert zu erfahren, wie man sein Leben von Grund auf verändern könne, die meisten Menschen seien mit ihrem derzeitigen Leben aus irgendwelchen Gründen, die hier keine Rolle spielen sollten, unzufrieden, denen müßte man Beispiele aufzeigen, wie es andere Menschen geschafft haben, ihrem Leben eine andere Erfüllung zu geben, und so weiter.
Zwischendurch wurden die Gläser wieder vollgeschenkt.
Auf einem Bein kann man nicht stehen!
Osterwald hörte ruhig zu.
“Nun ja, ich bin sicher kein Durchschnittsbeispiel”, warf er ein.
“Was zählt, ist der Wille”, predigte der Reporter.
“Ja, ja trotzdem bin ich kein Durchschnittstyp. Denn ich habe eine Vergangenheit hinter mir, von der ich mich nicht so gern einholen lassen will. Ich habe mein Leben mit allen möglichen Gaunereien verbracht, mußte aber doch feststellen, daß das Leben ohne diesen ganzen Kram viel lebenswerter ist. Ich

habe es verstanden, mir eine einfache Existenz aufzubauen, die von mir alles verlangt und mich auch ganz und gar ausfüllt. Ganz nebenbei stimmt auch die Kasse. Klar, der Entschluß, mein Leben zu ändern, ist in den unerträglichen Mußestunden im Knast gefallen, aber das Umsetzen ist doch schwieriger als erwartet gewesen."

"Haben Sie Unterstützung bei Ihren Freunden und Verwandten gefunden?"

"Dabei habe ich erkannt, was richtige und was falsche Freunde sind. Wissen Sie, was falsche Freunde sind? Die haben mir abgeraten und gesagt, das lohnt sich nicht, schon gar nicht mit deiner Vergangenheit. Das würde mir keiner abnehmen. Die richtigen Freunde – wie der Bewährungshelfer – die haben mir gut geholfen, eine anständige Existenz aufzubauen."

Es gab wieder einen Whisky. Hinein!

Der Reporter schrieb ununterbrochen. "Was haben Sie denn für Gaunereien begangen?" fragte er listig.

Er erzählte von kleinen Betrügereien, Unterschriftenfälschungen, manchmal lustige Anekdoten, wie er Leute übers Ohr gehauen hatte: da mußten beide herzlich lachen. Von dem Bankraub erzählte er jedoch nichts. Der Reporter kniff sich in seinen Penis, was dem Chef des Salons gleich auffiel, und brachte das Thema auf das Jahr 1967.

"Das war eine üble Geschichte damals, die liegt mir noch heute schwer im Magen, das können Sie mir glauben. Aber ich bin auch einfach zu blöd gewesen, daß ich da mitgemacht habe. Du siehst dich schon in der Südsee, denkst nur an Frauen und Geld und dann die alte Filiale, die mußte man einfach mitnehmen."

"Wie sind Sie gerade auf diese Filiale gekommen?"

"Man hat so seine Quellen. Hat auch erst super geklappt. Und dann – läuft mir dieser Idiot hinterher. Da war mir klar, daß das Ding in die Hose gehen mußte. Abends hatten sie mich schon."

Brechmann als Reporter trank sein Glas leer.

Whisky schien genug da zu sein.

Prösterchen!

Was denn mit dem Kumpel gewesen sei.

Darüber wünsche er nicht zu reden, auch nicht über die Beute, die habe er wirklich nicht wiedergesehen, und wenn man sich seine Bücher ansehen würde, könne man feststellen, daß seine Existenz nicht über einen Bankraub finanziert worden sei. Im übrigen habe ihn der Ausgang dieser Affäre – nämlich, daß irgendwer, der keine Arbeit und keine Gefahren auf sich genommen habe, das Geld bekommen hätte – sehr zu denken gegeben. Das könne ihm nun bei seinem legalen Lebensweg nicht mehr passieren.

Das Telefon unterbrach seinen Lebensbericht.

"Babsys Lunte – Traudel? – Ach so, Jenny, o.k. – nein, nur am Mittwoch – ich notier mir den Fall – was? – Das ist natürlich etwas teurer, Sie kleiner Schlawiner – mindestens, darunter geht es nicht, sonst hab

ich nichts verdient. – Also bis Mittwoch, tschüß."
Noch einmal fragte Brechmann nach der Beute, aber es war nichts zu machen.
Den nächsten Whisky lehnte Brechmann überraschenderweise ab.
"Übrigens," ermahnte ihn Osterwald, "wenn Sie was von Traudel wollen, dann läuft das nur über mich, daran haben sich auch Reporter zu halten. Sind ja auch nur Männer."
Brechmann nickte und verabschiedete sich.
Die Schlußansprache hatte ihn etwas eingeschüchtert.
Vielleicht war das auch besser so.
Traudel war nicht in Sicht.
Er verstaute seine Utensilien wieder auf der Rückbank seines Sportflitzers und zwängte sich selbst hinter das Steuerrad.

27

"Die Gäste langweilen sich eigentlich auf vielfältige Art und Weise. Manche sind vier Wochen da und haben immer was zu tun. Andere wissen schon nach zwei Tagen nichts mehr mit sich anzufangen. Die Kinder – das ist noch das einfachste. Sie können ja tagelang am Strand Burgen bauen. Das machen

ja manche Erwachsene auch. Man spricht ja auch vom 'Kind im Mann'.
Ich danke Ihnen – wir spielen jetzt glaube ich wieder einen Musiktitel, und zwar den Freddy mit 'Junge komm bald wieder'."
Brechmann drehte das Radio lauter.
Er sang sogar mit.
Eine Version von Tony wäre ihm lieber gewesen.
Aber man kann ja weiß Gott nicht alles haben.
Also nur Freddy.
Junge komm bald wieder.
Brechmann ließ sich der Länge, Breite und Höhe nach auf dem Boden im Büro nieder und starrte an die Decke. Er hatte alle Fenster aufgerissen, doch der Durchzug konnte ihn nicht erfrischen. Schon nach wenigen Augenblicken badete er sich im Schweiße seines Angesichtes.
Er ließ noch einmal die Ereignisse des Tages Revue passieren. Vor allen Dingen: In welchem Zusammenhang stand dieser Osterwald mit seinem Fall? Er hatte in der Schule einen Lehrer gehabt, der ihn an den Gauner erinnerte. Auf dem Heimweg war ihm eine Situation eingefallen, die er mit seinem Klassenlehrer Rehberger, Hans-Joachim Rehberger, auszuhalten hatte. Brechmann war kein guter Schüler, eher sogar ein schlechter Schüler. Die Versetzung war gefährdet, als es zur alles entscheidenden Englischarbeit kam. Gerade Englisch – wo er doch mit Rehberger alles andere als gut stand. Er hatte sich ihm gegenüber sogar sehr aufsässig ver-

halten. Daß die Englischarbeit nur in den Teich gehen konnte, war Brechmann heute klar. Damals hatte er sich eine echte Chance ausgerechnet, hatte sogar dafür gebüffelt und sich im Unterricht lieber still verhalten. Es kam aber, wie es kommen mußte.

Die Arbeit war sechs, ungenügend, unter aller Sau. Brechmann hatte sogar manch heiße Träne vergossen.

Rehberger hatte ihn gebeten, noch etwas zu bleiben. Es sei so gekommen, wie es kommen mußte, Brechmann hätte sich mal etwas eher bemühen sollen, dumm sei er ja nicht, aber es komme wohl auch ein bißchen auf die Reife an, solange er nicht reifer würde, solange sei es sowieso aussichtslos.

Schon seit einigen Tagen ging ihm diese vage Erinnerung nicht aus dem Kopf.

Das Telefon holte ihn in die Realität zurück.

Als er zum Apparat robbte, hinterließ er mit seiner Schweißsekretion eine feuchte Spur. “Wie eine fette alte Schnecke”, murmelte er vor sich hin.

Er hob den Hörer ab. Es war Schürmann.

“Hören Sie, Herr Brechmann, den Trick mit der Kriminalpolizei verzeihe ich Ihnen noch. Aber, daß Sie in meinem Privatleben herumstochern, ist das Letzte. Glauben Sie, Sie können eine gute Story finden, wenn Sie meine Nachbarin über mich ausquetschen? Wie sie mir erzählt hat, waren Sie sogar bei meinen Eltern. Was soll das Ganze? Beschränken Sie sich mal auf Ihr eigenes Leben, Sie mieser klei-

ner Naseweis! Wenn Sie nicht sofort mit dieser Schnüffelei aufhören, wird das Konsequenzen haben, Sie verstehn!"
Brechmann hatte keine Gelegenheit, in die Tirade einzufallen oder sich zu verteidigen. Schürmann war offensichtlich nervös. Warum?
Einige Zeit dachte er noch über Schürmann nach. Er kam zu keinem Ergebnis. Dann überließ er sich wieder anderen Gedanken.
1967 – es war doch nur eine Jungenträumerei.
Nach dem Gespräch mit Rehberger hatte er seine Schultasche genommen und die Klasse verlassen. Er war damals 16, hatte kein blondes Haar und erst recht keine Träume. Vielleicht kamen sie mit 17? Auf jeden Fall war er ziemlich verzweifelt. Auf dem Schulhof hatte er noch Erwin getroffen, der ihm eine ganz abstruse Geschichte erzählte und ihn bat, noch einen Augenblick zu warten, bis auch er seine Tasche geholt habe. In der Straßenbahn hatte Erwin von dem Bankraub berichtet und daß die Beute nicht gefunden worden war. Erwin meinte, daß sei ihre Chance. Sie waren dann in den Vorort gefahren.
Es war Mittagszeit. Von der alten Bank aus rekonstruierten sie den Fluchtweg der Gauner in Richtung Wald.
Irgendwie waren sie zuversichtlich gewesen. Auf dem Feldweg, in Richtung Wald, durchsuchten sie jeden Strauch. Etwa 50 Meter vor ihnen hatte ein Bach den Weg gekreuzt, über den eine hölzerne

Brücke führte. Erwin hatte noch gemeint, wenn der Sack mit dem Geld einfach in den Bach geschmissen worden sei, wäre er vielleicht mit dem Strom weitergeschwommen.
Daraufhin waren sie einige hundert Meter dem Bachlauf gefolgt. Dort hatten sie tatsächlich einen Mann gesehen, der in Fließrichtung des Baches mit einem Sack in den Wald gelaufen war. Für beide war sonnenklar gewesen, daß das der Sack mit dem Geld war. Sie hatten sogar noch versucht, den Mann einzuholen, hatten aber nur einen Wagen gesehen, in dem zwei Personen zu erkennen waren.
Brechmann überlegte.
Das war der Samstag. Einen Tag nach dem Überfall. Als dann montags in der Zeitung stand, daß der Täter gefaßt sei, hatte er sich dessen Bild nur flüchtig angesehen. Denn er glaubte ja zu wissen, daß die Beute jemand anderes habe.
Der Komplize mußte doch gewußt haben, wo das Geld versteckt war.
Wer war der Komplize?
Vielleicht steckt auch Tasse in der Geschichte drin.

Mensch, Werner, ist das der Schlüssel?

Der Detektiv stand auf, ging zum Kühlschrank und holte eine Dose Bier hervor.
Er wählte Tasses Nummer.
Keiner da.

Brechmann wollte es am nächsten Tag noch einmal versuchen. Für diesen Tag machte er Feierabend. Der nächste Tag versprach schon wegen der gutgebauten Arztfrau einige nette Stunden am Swimmingpool.
Der weglaufende Mann mit dem Sack – auf dem Rücken.
Seine Erinnerung war getrübt. Schon glaubte er den Doktor Peter Schürmann zu erkennen, dann sogar den Butler vom Swimmingpool.
Junge komm bald wieder.

28

Brechmann nahm sich vor, noch etwas zu erleben. Mit einem Satz stand er in seinem Schlafzimmer, zog sich aus und gönnte sich ein kühles Duschbad mit Duschdas. Anschließend balsamierte er sich nach altbekannter Manier ein, suchte sich eine weite Hose und ein weites, kariertes Hemd aus. Dann schob er seinen so verkleideten Bauch aus der Wohnung.
Diesmal ging er zu Fuß. Seine Fahne vorweg. Sein erstes Ziel war ein Hähnchen im Wienerwald.
Als er die Hohe Straße hinaufging und die Tür der Gaststätte aus sicherer Entfernung fixierte, sah er, wie zwei Männer sich daran zu schaffen machten.

Augenscheinlich versuchten sie, die hölzerne Tür zu öffnen.
Kurze Zeit später waren sie im Wienerwald verschwunden. Mochten sie sich bestellen, was sie wollten.
Brechmann hatte Feierabend.
Trotzdem hatte er aber die beiden Männer genau erkannt.
Osterwald und die Bohnenstange.
Ließ Osterwald Borg Tasse beschatten?
Doch Brechmann mochte sich jetzt keine Gedanken darüber machen. Was ihm nur überhaupt nicht gefiel, war, daß er sich nun ein anderes Ziel suchen mußte. Er ging also am Wienerwald vorbei in Richtung Stadtmitte.
Der Hunger trieb ihn nun zum Möwenpick, wo er vor dem Eis eine gehörige Portion Fleisch verschlang.
Und auch sonst verschlang er einiges.
Wikingerbuffet.
Eintritt zahlen und essen, soviel Du kannst.
In dieser Disziplin war Brechmann Leistungssportler.
Er aß soviel, daß ihm das Bier nicht mehr ganz so mühelos die Kehle hinunter in den immer weiter und fester gestopften Bauch rann. Auch für diesen Fall hatte er eine Lösung parat:
Der gute alte Klare rann weiter, als sei nichts verstopft.

29

Brechmann wachte am nächsten Morgen schon früh auf. Seltsamerweise hatte er keinen Kater. Das war ein sicheres Indiz dafür, daß irgendetwas mit ihm nicht stimmte. Beunruhigt fühlte er seinen Puls. Alles okay. Auch das eilig eingeführte Fieberthermometer zeigte normale Temperaturen. “Nicht mal auf Deinen Körper kannst Du Dich verlassen”, grummelte er.

Es war erst 8.00 Uhr, aber an Schlafen war nicht mehr zu denken.

Stattdessen stand er auf, duschte, verzichtete vorsichtshalber aufs Frühstück und schwang sich in seinen Wagen.

Bei Baach angekommen, wurde er freundlich empfangen und ins Nilpferdzimmer geführt. Das Bier lehnte er ab (also war doch etwas mit seiner Gesundheit).

Der Alte freute sich riesig, das hatte Brechmann schon lange nicht mehr erlebt.

“Seltsamer Bursche, dieser Baach, vor dem muß man sich hüten”, dachte Brechmann. Brechmann erzählte ihm seine Jugenderinnerung.

“Warten Sie”, griff der Alte den Faden auf, “dazu fällt mir doch auch irgend etwas ein. Ich weiß noch, daß ich am Tag nach dem Raub richtig nervös war. Auch mich hat es aus dem Haus getrieben, um den Fluchtweg einmal abzuschreiten. Es war übrigens fast die gesamte Belegschaft da, weil wir ja den

Umzug an diesem Wochenende geplant hatten. Wir sind da gemeinsam den Weg nochmal heruntergegangen. Das war allerdings schon vormittags. Sie waren ja erst mittags da. Übrigens war nicht nur die Belegschaft anwesend, sondern auch noch welche von der Zentrale, die uns unterstützen sollten. Warten Sie, ich weiß nicht – ich glaube, ich habe auf dem Weg ein Foto von den Leuten geschossen. Ein Fremder war, glaube ich jedenfalls, auch noch dabei."
Brechmann war gespannt.

Ist der Fremde der, der mit der Beute davongerannt ist? Vage Theorie, Werner Brechmann, aber Du läßt keine Spur aus.

Jetzt hätte er doch gern ein Bier getrunken. Aber er dachte an sein Wohlergehen und an sein Rendezvous am Nachmittag, zu dem er auf jeden Fall nüchtern und wohlriechend erscheinen wollte.
Während Baach in seinen alten Fotomappen suchte, fragte Brechmann, ob er das Telefon benutzen könne.
"Nur zu, nur zu, junger Mann", rief der muntere Alte, "Wissen Sie, in meinem Alter kommt man doch nicht mehr so oft zum Telefonieren. Dabei ist es ganz gut, wenn der Apparat mal ab und zu bewegt wird. Auch Nilpferde bewegen sich ab und an, um fit zu bleiben. Aber was rede ich, sehen Sie mal, die Scheibe ist von 1 bis 10 durchnumeriert, Sie müssen

nur den Finger in das richtige Loch stecken und die Scheibe bis zum Anschlag durchziehen. Kinderleicht, wenn man das erst mal heraus hat."
Irritiert wählte Brechmann Willys Dienstnummer. Der meldete sich, topfit natürlich. – Das harte Los eines Beamten.
"Wie steht's mit Fräulein Metz?"
"Hast du was zu schreiben?"
"Moment, ich notiere: Waltraud Metz-Kapaun geb. Metz. Arneckestraße 88 in Dortmund. Alles klar, Firma dankt."
Während des Gesprächs war Baach mit einem roten Lederimitatfotoalbum ins Wohnzimmer zurückgekommen. Fein säuberlich waren auf jeder Seite die Fotos eingeklebt. Sie zeigten das alte Sparkassengebäude, an das sich Brechmann wieder erinnern konnte, die alte Schalterhalle, den noch in der Blüte stehenden Baach.
Auf einem Bild war die Schürmann zu sehen. Sie trug ihr Haar zu einem Zopf zusammengebunden, wobei die Haare oberhalb der Stirn bis hin zum Hinterkopf toupiert waren.
Sie steckte (saß, hockte) in einem roten Kostüm und sah aus wie sechzehn, fand Brechmann, dabei war sie schon verheiratet und hatte ein Verhältnis mit einem verheirateten Mann.
Ein Foto zeigte sie mit Tasse. Sie sahen sich auf dem Bild nicht an, sondern starrten in die Kamera. Tasse war schlank und wirkte selbstbewußt. Der Schwarm der Damen.

Auf einem der Fotos war auch Tasses Frau. Sie wirkte kühl und hatte sich für das Foto in Posé gestellt. Die kleine Schürmann sah tatsächlich wie ein kleines schüchternes Schulmädchen neben ihr aus. Ihrer Ausstrahlung konnte man nicht entgehen.
Weitere Aufnahmen zeigten die restlichen Bankangestellten.
Dann das Foto, von dem Baach erzählt hatte.
Die gleichen Personen, alle Aufnahmen waren am Tag des Umzuges – also am 31.03.1967 – geschossen worden.
Dazu kamen allerdings drei weitere Personen, von denen der Komponist angab, zwei nicht zu kennen. Brechmann erkannte sie gleich. Es waren Wegmann, der Filialleiter und Mann der Mitte, Schürmann, der Student ohne Geld, und Jens Lodamann, die Bohnenstange.
Aha, langsam schließt sich der Kreis, dachte Brechmann.
Er bat Baach, seine Aufmerksamkeit auf diese drei zu lenken.
“Der junge Wegmann ist von der Zentrale für den Umzug abgestellt worden, an die anderen beiden kann ich mich beim besten Willen nicht erinnern. Aber es kann doch sein, daß sie einfach zufällig da waren.”
Baach war überrascht als er hörte, daß einer der beiden Schürmann sei. “Aber da kann es immerhin sein, daß der nur seine Frau abgeholt hat. Denn ich kann mich erinnern, daß jemand nur ganz kurz

geholfen hat. Der Rest hat noch bis in den Abend gearbeitet."

Aber die Mittagspause konnte keinen von dem Verdacht befreien, das Geld an sich genommen zu haben.

Brechmann nahm jetzt doch ein Bier.

Ein frisches, kühles, helles.

Baach gönnte sich einen kühlen Klaren.

"So, Herr Brechmann, sollen wir nicht jetzt nach getaner Arbeit irgendwo schön frühstücken gehen?"

Brechmann nickte nur und verließ den Nilpferdpark. Während er auf Baach wartete, betrachtete er das Hochzeitsfoto der Baachs, das neben der Garderobe hing.

"Mein Fall wäre die nicht gewesen", dachte Brechmann, "die überragt den armen Kerl ja um Kopfeslänge."

30

Baach weigerte sich zunächst, in den niedrigliegenden Alpin einzusteigen.

"Ich will friedlich in meinem Bett sterben und nicht Stück für Stück von einer Kreuzung aufgesammelt werden."

Brechmann mußte sämtliche Überredungskünste

aufbringen und sogar handgreiflich werden. Endlich kauerte der Alte neben ihm auf dem Beifahrersitz. Auf der Fahrt redeten sie nicht miteinander. Einzig hörbar unüberhörbar waren die Angstschreie des Alten vor jeder Kurve, obwohl Brechmann nur sehr langsam fuhr.
An jeder roten Ampel wollte Baach sich aus dem Auto stürzen und das Weite suchen. Zum Glück kam er mit dem Sicherheitsgurt nicht zurecht.
Brechmann war mit seinen Gedanken schon im Swimmingpool. Er malte sich heiße Situationen aus, auf die sein Penis gleich reagierte. Als es Brechmann peinlich wurde, versuchte er, an etwas Belangloses zu denken. Zum Beispiel an den gestrigen Abend im Möwenpick, an das Essen, das Eis und, was er alles verschlungen hatte. Doch dann hatte er wieder das kommende Rendezvous im Kopf.
Sein Glied beeilte sich, wieder aufzustehen. Es schien zu flüstern: Mit mir nicht, Brechmann, entweder machste dir Gedanken, die die Lust nur so in mich hereintreiben und natürlich auch das Blut, und ich strenge meine Schwellkörper an, daß sie sich aufplustern, so ganz nebenbei vermittele ich dir auch noch einen Hauch von Lust, vergiß das man nicht, oder denk dir nicht so'n Schweinkram aus, nachher bin ich sowieso wieder der Leidtragende – nicht Du, Werner Brechmann, nein, ganz allein ich –, wenn's dann doch nicht so klappt, wie du dir das alles ausmalst.
Und jetzt, Werner Brechmann, bleib ich oben, daß

es durch deine Hose eventuell noch mehr mitkriegen. Vielleicht hab ich damit mehr Erfolg, als mich immer und immer nur auf dich zu verlassen. Meine Stunde ist gekommen.
Der Alpin hielt an.
Brechmann befreite den Alten, und im Bruchteil einer Sekunde schoß dieser aus dem Wagen. Erschöpft, ausgelaugt, leergepumpt, fertig – aber glücklich.
Brechmann versuchte, sich zunächst einmal zu richten. Es war sinnlos. Er steckte die linke Hand in seine Hosentasche und drückte das widerspenstige Glied gegen seinen Oberschenkel. Da es sich von dort immer wieder befreite, blieb ihm nichts anderes übrig, als es mit seiner Linken festzuhalten.
Baach war entrüstet.
Wenngleich er unter Männern eingestehen mußte, daß es bei ihm ja auch ab und an vorkäme. Allerdings verstand er nicht, wieso so etwas beim Autofahren auftaucht. Nein, er sei ganz Mann der alten Schule. Bei ihm passiere es nur, wenn auch Frauen im Spiel seien. Das mit dem Autosex gefiel ihm nicht.
Er schlug vor, noch einige Minuten zu warten. Dadurch könne man sich vielleicht einige Peinlichkeiten ersparen.
Sie warteten.
Brechmann versuchte krampfhaft, sich auf etwas anderes zu konzentrieren.
Sie warteten.

Nichts.
Letztendlich schlug Baach vor, allein zu frühstücken und Brechmann solle irgend etwas anderes tun, Liegestütz, Waldlauf, kalte Duschen, das würde helfen.
Brechmann versprach, ihn später noch einmal anzurufen.
Er stieg in seinen Renault Alpin und fuhr nach Hause. Unterwegs kaufte sich Brechmann ein Stop-Mundgeruch-Spray und probierte es gleich aus. Der Frischeschock traf ihn völlig unvorbereitet. Mit übernatürlicher Kraft gelang es ihm, sich in der Vertikalen zu halten. Kaleidoskopartig zog sein bisheriges Leben blitzschnell an seinem geistigen Auge vorüber.
Dann war plötzlich alles vorbei.

Als er wieder im Auto saß, war er schon fast wieder obenauf. Heute wollte er auf die Pauke hauen und außerdem bis morgens durchmachen, und erst wenn andere Leute zur Arbeit gingen, wollte er "Gute Nacht"sagen. Das jedenfalls sang er vor sich hin, als er mit seinem Schlitten vor seiner Haustür ankam.
Singend riß er die Tür auf.
Singend warf er sie wieder ins Schloß. Ein Passant drehte sich sogar nach ihm um. Ein wenig wunderte es Brechmann schon, daß er so interessant war. Aber er hat es ja schon immer viel besser gewußt. Die Sonnenbrille blieb im Wagen.

Den Schlüssel steckte er in die Haustür und stieg die Treppe hoch. Als er die erste Etage erreichte, riß der kesse Kress die Wohnungstür auf.
"Herr Brechmann, wo waren Sie nur? Ich habe schon die Polizei verständigt. Gut, daß wenigstens einer so wachsam ist in diesem Haus. Sie waren ganz leise. Hörte sich überhaupt nicht so an, als wären Sie es gewesen. Aber mir entgeht hier nichts. Ich habe gleich die Polizei angerufen. Aber war ja klar, daß die zu spät kommen."
"Sagen Sie, was haben Sie überhaupt?"
"Na, das ist doch wegen der Einbrecher. Die hatten scheinbar sogar einen Schlüssel... ."
Der Detektiv ließ ihn nicht ausreden und stampfte dafür – so schnell es ging – die Treppe hinauf.
Willy kam ihm schon entgegen.
"Gut, daß Du da bist. Dann kannst Du gleich sagen, ob etwas gestohlen ist. Obwohl es eher danach aussieht, als ob die Ganoven nur etwas gesucht haben. Alle Schubladen sind aufgerissen."
Brechmann trat ein und besah sich die Bescherung. Sogar die Laden des Schreibtisches waren auf. Dabei hatte ihm der Verkäufer erklärt, daß das auf keinen Fall gehen würde.
Brechmann selbst hatte es noch nie geschafft. Er betrachtete den Einbrecher sogar mit etwas Hochachtung.
Der Aktenschrank war gewaltsam geöffnet worden, und der gesamte Inhalt lag auf dem Boden. "Donald Duck im Weltraum" und eine Nummer der

“St Pauli Nachrichten”. Im Büro war die alte Ordnung also leicht wieder herzustellen. Die Unterlagen zum Fall Tasse lagen zusammengeknüllt im Papierkorb. Der war zwar klein, aber lange noch nicht voll.

In der Küche waren alle Fächer geöffnet, der Müll und unendlich viele leere Bierdosen lagen verstreut auf dem Boden.

Im Schlafzimmer war das größte Durcheinander. Sparbuch, Kontokarte und Schecks lagen noch unangetastet auf der Fensterbank. Zuerst stellte er Donald Duck wieder in den Schrank und verschloß ihn.

“Das Ganze hat mit dem Fall zu tun, den ich gerade bearbeite. Alles Wertvolle ist noch da.”

Willy meinte, daß sie Fingerabdrücke gefunden hätten. Der Kress habe aber nichts bemerkt und niemand gesehen, der sei ja sehr aufmerksam.

“Aufmerksam ist gut”, meinte Brechmann “neugierig ist der bis zuletzt. Der weiß wahrscheinlich schon, wann wir uns im Wienerwald treffen, welchen Tisch wir reservieren lassen. Komisch, daß der alles weiß, nur nicht, wer oben war.”

“Was willste machen,” erwiderte Willy.

Brechmann setzte sich. Es war das erste Mal, daß bei ihm eingebrochen wurde.

“Das bedeutet”, sagte er zu Willy, “das bedeutet, daß es Leute gibt, die glauben, ich weiß, wo das Geld ist.”

“Welches Geld?”

“Na, das vom Einbruch, von dem ich dir erzählt habe. Du hast selbst gesagt, es ist nicht wieder aufgetaucht, und das ist es. Die glauben nämlich, es ist wieder aufgetaucht und zwar irgendwann in den letzten Tagen. Deshalb haben sie hier eingebrochen. Entweder vermuten die, ich habe das Geld, oder die haben mich mit jemandem gesehen, der das Geld haben könnte. Nur – wer kann das sein? Es könnte sogar mein Klient sein, dieser Tasse.”
Brechmann juckte sich an seinen Koteletten.
Willy hatte sich hingesetzt.
Er erzählte noch einmal weitschweifig und ausführlich, wie es dazu kam, daß ausgerechnet er, Willy, die Meldung über den Einbruch hier bei seinem alten Kumpel Brechmann erhalten habe. Außerdem habe er gerade die ihm aufgetragenen Informationen aus München erhalten.
“Der hat tatsächlich Dreck am Stecken. Der ist der Münchner Sittenpolizei mal aufgefallen. Unzucht mit Minderjährigen und anschließende Anstiftung zur Prostitution, fast ‘ne Zuhälterkarriere. Hat natürlich alles abgestritten. Die Flittchen haben zu ihm gehalten. War also nichts nachzuweisen. Interessant an der Sache ist noch, daß auch noch sein Vater – kommt wohl irgendwo aus dem Münsterland – ihn nicht entlastet hat. Vielmehr ist der nach der Moral seines Sohnes befragt worden und, kannst Du Dir das vorstellen, danach, ob sein Sohn unzüchtig mit Minderjährigen umgeht und sowas. Der hat

keine Aussagen dazu gemacht, was dem Junior als nachteilig ausgelegt wurde."
"Kann doch sein", merkte Brechmann an, "daß an der ganzen Geschichte tatsächlich nichts dran ist; auch Unschuldige werden mal verdächtigt. Diese ganze Sache könnte aber die Streitigkeiten zwischen Vater und Sohn erklären."
Willy verstand nichts: "Mein Sohn, warum hast Du das getan? Lukas 2, 48."
Brechmann war es egal.
Deshalb verabschiedete sich der Kriminale. Weitere Informationen bezüglich der Fingerabdrücke würde Brechmann so schnell wie möglich erhalten.
Willy ging.
Brechmann blieb.

Die Zeit: 11.00 Uhr.
Der Detektiv war erschöpft. Völlig matschig.
Die Freßorgie und das Getrinke im Mövenpick machten sich doch bemerkbar.
Das Mövenpick – der Wienerwald.
Gestern abend trafen sich Osterwald und die Bohnenstange im Wienerwald. Wenn Osterwald den Auftrag gegeben hatte, Tasse zu beschatten, mußte er von der Bohnenstange (Lodamann) und dem anderen (Tafelmeier) erfahren, mit wem Tasse es zu tun hatte. Er selbst (Brechmann) versuchte bei seinen Recherchen einfach die Personen zu fotografieren. Es ist also anzunehmen, daß Osterwald den vermeintlichen Reporter erkannt hat.

Dann ist weiter anzunehmen, daß Osterwald glaubt, Tasse hat das Geld oder weiß, wo es ist.
Brechmann verwarf diesen Gedanken fürs erste. Das Geld war – so konnte es auch sein – schon vor zwanzig Jahren ausgegeben worden.
Zum Beispiel von den Schürmanns. Wie konnten die sich die teure Praxis leisten? Erst gestern hatte Schürmann noch versucht, ihn einzuschüchtern. Was war mit Baach? Auch der hatte damals schließlich mitgeholfen, das Geld zu suchen. Hatte Brechmanns Interesse an dem Bankraub ihn zum Handeln gezwungen? Er war allerdings zur Zeit des Einbruchs mit Brechmann zusammen. Also mußte er – in diesem Fall – einen Komplizen haben.
Einbruch – Ausbruch –
Brechmann zog seine Flasche Bier zu Rate.
Er glaubte, daß das Rachenspray schon ausreichen würde.
Dann stand er auf und räumte seine Bude, so gut es ging, auf. Er gab sich dabei nicht die größte Mühe. Er war sowieso der Meinung, daß ein Aufräumdienst ihm diese profanen Beschäftigungen abnehmen müßte. Die Unterlagen wurden mit der Hand geglättet. Auch mit denen konnte der Einbrecher nichts anfangen.
Brechmann beschloß, seine Gedanken während eines Mittagsschläfchens zu ordnen.

31

Er war erst gegen 15.30 Uhr aufgewacht. Seine Kopfschmerzen ließen ihm keine Ruh. Schon während des Tiefschlafs hatte er sich dauernd den Kopf gehalten, hatte geträumt, daß er ständig in die Faust der Bohnenstange laufen würde. Im Stil eines Slalomweltmeisters hatte er immer wieder versucht, der hingehaltenen Faust zu entgehen. Aber sein verzweifeltes Laufen endete jedesmal an der gleichen Stelle. Wie ein Magnet wirkte die Faust auf seinen Kopf, der nichts besseres zu tun wußte, als mit einer gehörigen Portion Kopfschmerzen zu reagieren.
Wenigstens nicht mit einer Platzwunde.
Brechmann quälte sich hoch.
Mit geschlossenen Augen und der Rechten an der Stirn tastete er sich ins Badezimmer. Er brauchte seine Augen nur einen Spalt zu öffnen, um sowohl den Alibert als auch die Aspirintabletten (therapeutisch zweckmäßig, bei empfindlichem Magen jedoch weniger geeignet) zu finden. Er begnügte sich nicht mit einer und nahm einen kräftigen Schluck Wasser aus dem Kran. Dabei stützte er sich am Waschbeckenrand ab.
Die Wirkung der Tabletten war zufriedenstellend, wenigstens einen Augenblick.
Er zog sich an.
Das Date war ihm völlig egal geworden.
Trotzdem raffte er sich auf, den Wagenschlüssel zu

suchen und fand ihn schließlich im Brotkorb, wo auch sonst?
Er warf noch einen Blick in den Kühlschrank, verzichtete aber auf das Bier, verließ seine Wohnung und schlich die Treppe leise hinunter. Er hoffte, unbemerkt aus dem Haus zu gelangen. (Vielleicht ist es ihm sogar geglückt). Auf der Straße klopfte er sich noch einmal auf den Schädel, um den Schmerz zu testen.
Es ging.
Aus seinem Wagen schoß ihm eine Hitzewolke entgegen (immer diese Attentate), und er öffnete zunächst mal alle Türen und Fenster, ehe er selbst einstieg.
Der Alpin ließ sich starten. Er heulte sogar auf, der alte Wolf. Das Geräusch des Motors beunruhigte Brechmann, als triebe ihn der Motor zur Eile an. Die Unruhe übertrug sich auf seinen ganzen Körper.
Der Schweiß plätscherte ihm den Rücken hinunter.
Auf dem Weg überfuhr er zweimal eine rote Ampel.
Beim zweiten Mal wurde er erwischt. Ein sehr geduldiger Freund und Helfer beschwor die Gefahren herauf, die durch sein unverantwortliches Tun entstehen. Und das nicht nur für seine eigene Person, sondern für alle anderen auch.
Brechmann hielt sich zurück.
Er hörte gar nicht hin.
Das einzige, was er sagte war: “Ja.”
Dann zahlte er in bar und versprach, künftig auch die Ampeln zu achten und zu ehren.

Kam aber keine mehr.
Er fuhr nicht einmal unter den Kastanien langsamer. Mit quietschenden Bremsen hielt er vor der Schürmannschen Villa. Einen Moment noch blieb er im Wagen sitzen.

Immer locker, Werner Brechmann, ganz die Ruhe.

Ungezwungenen Schrittes tänzelte er auf den Eingang zu. Die Klingel am Zaun erwartete seinen Finger. Und bekam ihn.
Es rührte sich nichts.
Der Klingelknopf mußte den Brechmannschen Finger erneut ertragen.
Wieder nichts.
Ein letzter, lang andauernder Versuch, bei dem er der Schelle mit allen Kräften die Nase zuhielt.
Das Tor blieb verschlossen.
Ungelenk quälte sich der Detektiv hinüber.
Vor der Haustür lauschte er ins Haus hinein.
Totenstille.
Er ging um das Haus herum. Als er die Vorderfront verließ und links am Haus entlangschritt, hörte er einen Mercedes davonbrausen. Aber das fiel ihm erst viel später wieder ein. Es konnte auch sein, daß er es sich nur eingebildet hatte.
Im Haus hörte er keine Geräusche.
Er ging zum Swimmingpool.
Frau Schürmann war nicht da.
Er wollte schon wieder gehen, als er sich doch noch

umdrehte. Neben dem Becken lag ein Handtuch. Es war noch feucht.

Die ist noch nicht lange aus dem kühlen Naß. Werner Brechmann, jetzt heißt es aufpassen.

Brechmann ging zum Haus zurück.
Er konnte auch nichts entdecken, als er durch die Terrassentür ins Haus blickte.
Er ging weiter um das Haus herum und fand ein offenes Fenster. Glücklicherweise war es breit genug für ihn, und der rundliche Detektiv fand – mit Mühen zwar – Einlaß.
Im Haus horchte er nach verdächtigen Geräuschen.
Nichts.
Er befand sich in der Küche.
Leise öffnete er die Tür und schlich in einen langen Flur. Rechts und links führten jeweils drei angelehnte Türen in die Räumlichkeiten. Nachdem er einige der Türen ausprobiert und die Zimmer begutachtet hatte, vernahm er von der Stirntür des Flures ein leichtes Röcheln.
Er lief auf die Tür zu.
Es war das Zimmer, von dem aus er bei seinem letzten Besuch zum Swimmingpool geleitet worden war.
Er erkannte die Einrichtung wieder.
Nur neben dem flachen Glastisch hatte sich etwas verändert, sogar etwas sehr Grundlegendes.

Dort lag die Schürmann.
Die rechte Hand umschloß eine blutende Wunde in der Körpermitte.
Sie atmete noch.
Sie hatte sich erbrochen.
Brechmann kniete sich neben sie und sah sie an.
Sie schlug ihre Augen auf.
“brech...”, nuschelte sie mit langem ‘ch’.
“Ganz ruhig, ganz ruhig, Frau Schürmann, ich rufe sofort den Notarzt.”
“sech...zich...”, sie schloß wieder die Augen.
Brechmann sprintete zum Telefon.
Mit einem Taschentuch nahm er den Hörer ab und wählte.
Dann beeilte er sich, die Türklinken im Flur abzuwischen und ebenso das Fenster. Er hastete zurück über den Flur, durch die Haustür, die er offen stehen ließ.
Von seinem Wagen aus beobachtete er, wie der Krankenwagen eintraf und die Sanitäter in die Villa eilten.
Dann startete er.
Die Wirkung der Aspirintabletten hatte nachgelassen. Es trommelte wieder. So ruhig er auch nach außen schien, die Sache nahm ihn mit.
Er war aufgewühlt und machte sich Vorwürfe.
Der Alpin rauschte mit hoher Geschwindigkeit über die Straßen, bis er den Weg zur Autobahn fand.
Das Gesicht, die Augen, wie sie ihn ansah.
Aber ihr Atem war noch zu hören.

sechzich.sechzich.
Am Westhofener Kreuz bog er ab Richtung Frankfurt.
Brechmann begann, mit sich selbst zu sprechen.
Nichts Wesentliches.
Er stellte die Tony-Marschall-Casette an und sofort wieder aus. Das war's nicht.
Er sprach lieber mit sich selbst.
In Siegen verließ er die Autobahn.
Er kaufte sich eine Tafel Schokolade und tankte den Alpin mit Super voll.
Auf einer öffentlichen Toilette schaufelte er sich Wasser ins Gesicht.
Dann fuhr er zurück. Die kleine Krise war überwunden.
Er hatte wieder alles im Griff.
Zu Hause wurde er bereits von der Polizei erwartet.

32

Ohne Willys Hilfe wäre es aussichtslos gewesen. Brechmann war beim 'Betreten' der Villa gesehen worden. Ein aufmerksamer Nachbar war durch merkwürdige Geräusche von Schürmanns Grundstück argwöhnisch geworden. Als er der Ursache des Geräusches nachging, hatte er nur noch ein

riesiges, schwer zu identifizierendes Objekt durch ein Fenster verschwinden sehen. Unter dem Fenster lag ein Haufen zerbrochener Gartenmöbel. Als er einige Zeit später Brechmann beim Verlassen des Hauses beobachtete, hatte er sich das Kennzeichen des Renault Alpin gemerkt und so die Polizei auf die Spur des Detektivs geführt.
Auf der Polizeiwache mochte Brechmann sich nicht äußern. Er hatte noch einige Aspirin erbeten und zügig eingeworfen. Die Schmerzen spürte er schon seit der Schokolade nicht mehr. Und nun merkte er überhaupt nichts mehr.
Aber Freund Willy legte seine Hand für seinen Kumpel ins Feuer. Brechmann versprach, am nächsten Tag zu berichten.
Er war so munter wie ein Paar eingeschlafene Füße. Seine Reaktionen waren gleich Null. Er dankte Willy und verabschiedete sich von den Beamten und der Polizeistation. Zwei Uniformierte begleiteten ihn nach Hause.
Brechmann fand den Weg in sein Bett mit schlafwandlerischer Sicherheit und wühlte sich unverzüglich unter die herbstliche Blumenrabatte.
Obwohl es erst 21.00 Uhr war, schlief er sofort ein.

33

Willy schellte Sturm.
Willy schellte ununterbrochen Sturm.
Willy kannte den Zustand seines Freundes.
Willy betätigte deshalb unverdrossen den Klingelknopf an Brechmanns Tür. Um 10.00 Uhr öffnete ihm endlich der schlaftrunkene Detektiv.
Er ließ seinen Freund eintreten, konnte aber mit einer Reflexbewegung die Tür vor dem heranstürzenden kessen Kress zuschlagen.
Willy sah wie immer frisch und adrett aus. Der kleine, schlanke Mann hatte sich kleidungsmäûig auf das heiße Wetter eingestellt. Er trug Shorts und ein buntes, kurzärmliges Hemd (Stil Hawaii), dazu Wollstrümpfe und Sandalen. In seiner Rechten trug er eine Papiertüte, aus der der Duft von frischen Brötchen hervorströmte.
Brechmann duschte ausgiebig. Das Bereiten des Frühstücks überließ er lieber Willy.
Käse und Wurst mußten noch eingekauft werden.
“Am besten gleich nebenan”, schlug Brechmann vor.
Willy, der zum Laden laufen mußte, war einverstanden.
Als er zurückkam, hatte sich Brechmann bereits einen Kaffee eingeschüttet.
Der Detektiv war ausgeruht und tatendurstig.
Willy war neugierig.
“Was ist denn das für ein Fall, Werner, bei dem stän-

dig eingebrochen wird und das seit mehr als zwanzig Jahren. Bei dem Schürmannschen Einbruch sind auch einige interessante Dinge zu erfahren. Zum Beispiel ist der Diener – übrigens ein ehemaliger Bundesligaringer beim KSV Witten – der Polizei kein Unbekannter. Er hat zwar keine nachweisbaren Straftaten begangen, ist aber damals bei der freundschaftlichen Untersuchung dieses Massagesalons vom Osterwald, dienstlich sollte da ja nichts passieren, Du weißt, des öfteren mit dem Bankräuber gesehen worden, sozusagen als Spezi. Kapito?
Dann ist da auch noch der Ehemann, auf dessen Wunsch hin der Diener an diesem Freitagnachmittag einige Besorgungen für die Praxis zu erledigen hatte. Vielleicht hat der Eine oder der Andere dem Anderen oder dem Einen ein Alibi verschafft."
Brechmann nahm einen Schluck Kaffee.
Er verstand nichts.
Das Telefon schellte.
Es war Tasse , der sich für die gute Arbeit bedankte. Er würde nicht mehr verfolgt, und daß es so schnell gehen würde, hätte er nicht gedacht. Schon den Abend zuvor habe er mal wieder so richtig allein verbringen können. Wegen der Bezahlung und sofort wolle er gegen Mittag bei Brechmann sein.
Er klang gut gelaunt.
Brechmanns Löffel kreiste in seinem Kaffee. Ein rührender Anblick.
Willy war auch ruhig geworden und biß in sein belegtes Brötchen, Käse (Gouda).

“Tja”, sagte Brechmann nur.
Eine brillante Eröffnung für den nun folgenden Vortrag.
Rhetorisch einwandfrei, fand Willy.
“Weißt Du, wer das war?”
“Nein.”
“Tasse.”
“Na und?”
“Der Typ kommt letzte Woche vorbei und engagiert mich. Ich knie mich natürlich voll rein in den Fall. Jetzt bin ich mittendrin. Da passieren merkwürdige Sachen. Ich finde die heißesten Spuren, entdecke Querverbindungen, die hälst Du nicht für möglich. Und jetzt ruft der an, und ich soll die ganze Sache sausen lassen. Mensch Willy, das stinkt zum Himmel.”
Er erzählte Willy nun die Geschichte von Tasse bis Baach in aller Ausführlichkeit. Was er wegließ, waren seine erfolglosen Versuche bei den Damen und seine Spesenrechnungen. Unter Freunden gestand er sogar den Einbruch bei Tafelmeier ein. Überhaupt war er recht redselig. Obwohl er sonst lieber andere reden ließ.
Willy hörte aufmerksam zu und meinte: “Paß auf, Werner, wenn ich den Polizeiapparat in Bewegung setze, dann sind dieser Fall und die drei Einbrüche ruckzuck geklärt. Und daß die drei Einbrüche irgendwie zusammenhängen, das ist ja wohl klar. Was Du nämlich noch nicht weißt, die Fingerabdrücke, die wir hier bei Dir in Deiner Wohnung ge-

funden haben, stammen von Jens Lodamann, weißt Du, die Bohnenstange, die mit dem Osterwald unter einer Decke steckt."

Brechmann nickte.

"Weggekommen ist ja zum Glück nichts."

Er nahm noch einen Schluck Kaffee und biß ins Brötchen (hessische Sülzgrützwurst, fingerdick).

Dann frühstückten sie noch in aller Ruhe weiter und plauderten von der guten alten Zeit.

Willy ging gegen halb zwölf.

Brechmann erwartete Borg Tasse.

Er rief seine Mutter an, die mit 79 Jahren noch immer recht rüstig und robust war, trotz ihres Herzschrittmachers. In der Wohnung mußte endlich einmal klar Schiff gemacht werden. Zu spülen war auch noch reichlich da.

Etwas Abwechslung würde der alten Dame gut tun.

34

Die Zeit: 13.30 Uhr.

Die Wohnung war blitzeblank.

Die alte Frau Brechmann hatte erstaunlich fix und gewissenhaft gearbeitet.

"Kompliment", dachte Brechmann, als er hinter seinem Schreibtisch saß. Generös hatte er ihr noch die Fahrkarte zurück zum Altersheim bezahlt.

Er rief Schürmann an, um sich nach dem Befinden seiner Frau zu erkundigen.
Überraschenderweise wurde der weder wütend, noch gab er ihm die Schuld an den Verletzungen seiner Frau. Sie sei den Umständen entsprechend wohlauf. Keine Lebensgefahr. Auch habe der Schuß keine wichtigen Organe total zerstört. Sie würde wohl noch etwas auf der Intensivstation herumliegen müssen, aber in einigen Wochen sei damit zu rechnen, daß sie wieder ganz seine Alte sei.
Danach versuchte es der Detektiv noch einmal bei Tasse.
Aber seine Frau wußte nicht, wo er sich aufhielt.
Also konnte er nur warten.
Er öffnete sein Hemd und kraulte seinen Bauch, beziehungsweise fletschte er den Schweiß hin und her.
Das Telefon brachte Abwechslung.
"Mein Name ist Gall, Franziska Gall, und ich würde gerne in ihre Sprechstunde kommen, wann haben Sie denn Zeit?"
"Muß das diese Woche sein", fragte Brechmann barsch.
"Nein – nein – natürlich nicht – aber Sie müssen auch meine Lage bedenken. Ich kann auch Montag. Wissen Sie, daß mein Mann mit so 'nem Flittchen herumzieht? Das ist doch ein Scheidungsgrund, oder?
Die alte geile Ziege, die wird nächste Woche sechzig. Und mit so'ner alten Krähe zieht der jetzt los. Er ist erst 35. Das sind fünfunzwanzig Jahre Altersunter-

schied, meinen Sie, daß so etwas gut gehen kann? Das geht doch nicht gut! Kann gar nicht gut gehen. Das weiß doch jeder."
"Also am Montag ist es schlecht. Am Mittwoch geht`s um 16.30 Uhr. Soll ich Sie da eintragen?"
"Geht es denn nicht früher? Ist doch so dringend."
"Tut mir leid, alles ausgebucht."
Letztendlich war sie einverstanden. Brechmann hatte schon den Folgeauftrag.
Die Zeit verging.
Nichts geschah.
Um 16.00 Uhr wählte er noch einmal Tasses Nummer.
Diesmal war keiner da.
Er beschloß hinzufahren.
Es war tatsächlich niemand in der Wohnung.
Der nächste Einbruch war fällig.
Lustlos stöberte er in der Wohnung herum.
Bei einem Bild von der Familie Tasse – augenscheinlich in ganz jung verliebten Jahren – fiel ihm etwas ein.
Die Schürmann hatte gesagt, sie habe ein Bild von Frau Tasse und ihrem Liebhaber.
Auch eine Liebesbeziehung, die aus dem Jahre 1967 stammt, vielleicht aber noch gar nicht beendet ist.
Brechmann verabschiedete sich von der Wohnung mit einem kräftigen Zug aus der Whiskyflasche, die er rein zufällig in der Küche gefunden hatte. Er glaubte nicht, daß ihn diesmal jemand gesehen

hatte. Wieder zu Hause fragte er Kress, ohne ihn in seine Wohnung zu lassen, ob irgendein Besucher bei ihm angeschellt habe. Fehlanzeige!
Brechmann ging die Treppe hinauf, schloß auf und entschied zunächst, einer Flasche Bier den Garaus zu machen.
Auf dem Weg zum Kühlschrank fiel ihm wieder die Fotografie ein, die er bei Tafelmeier im Schreibtisch bei den Unterlagen zum Fall Tasse gefunden hatte. Das Foto hatte ihn an seine Schulzeit erinnert. Es zeigte Ostermann mit dem jüngeren Hund.
Die Kreise schließen sich, dachte er.
Brechmann widmete sich der Bierflasche. (Die Dosen waren ihm ausgegangen, wie man sich schon denken kann. Schließlich schmeckte es ihm aus Dosen immer noch am besten.) Er leerte sie glucksend in einem Zug. Ein kräftiges Rülpsen beendete die Aktion.
Wenigstens das ging noch.
Um 20.00 Uhr trommelte Willy an der Wohnungstür. Er brachte seine eigenen Schlagstöcke mit zur Probe, wie immer mittwochs.
Brechmann schrieb schnell einen Zettel für Tasse und befestigte ihn draußen an der Haustür.
"Der bringt gleich nur das Cash vorbei."
"Kühn ist das Mühen, herrlich der Lohn. Goethe, Faust", meinte Willy nur lakonisch.

35

Als sich Tasse auch bis 23.00 Uhr noch nicht eingefunden hatte, begann Brechmann, sich Sorgen zu machen.
Nicht um Tasse sorgte er sich, nein, in erster Linie bereitete es ihm Kopfschmerzen, daß er womöglich seine Gage nicht erhalten würde. Er hatte aus diesem Grund noch eine Überschlagsrechnung durchgeführt, die allein seine Spesenabrechnung betraf. Schließlich muß der Mensch sich aufbauen, und so zählten Gaststättenbesuche, Essen in Restaurants und so fort selbstverständlich zur Ermittlungsarbeit.
Sie beendeten vorzeitig die Probe. Für den Auftritt am Freitag bei dem Fensterputzerunternehmen war bereits alles eingeprobt und abgesprochen. In seiner Wohnung rief er kurz nach elf Uhr noch einmal bei dem grauen Tasse an. Seine Frau behauptete steif und fest, ihr Göttergatte sei nicht anwesend. Erst als Brechmann mit seinem Rechtsanwalt drohte, war sie bereit, auf der Stelle zu ihm zu kommen.
Die Zeit verstrich.
Gegen halb zwölf klingelte es endlich.
Frau Tousseau-Tassé machte trotz ihrer etwa 50 Jahre alten Entstehungsgeschichte keinen Hehl aus ihren Reizen.
Brechmann war angetan und sagte es ihr.
Sie trug einen leichten engen Lederrock, hochhakkige Stöckelschuhe und dazu eine kesse Bluse, die

sie sehr weit geöffnet hatte. Aus diesem Grund bot Brechmann ihr den Platz auf dem wackeligen Stuhl an, auf dem auch schon Tasse gesessen hatte. Er selbst liebte den Überblick und setzte sich vor sie auf den Schreibtisch. Seine Sitzwahl gestattete ihm tatsächlich nicht nur einen Blick auf das Gesicht der Dame, sondern auch so ab und an eine Änderung des Blickwinkels nach unten.

Therèse Tousseau-Tassé war nicht ganz so ausgeglichen und cool, wie sie sich gab.

"Mein Maan ist wieder da. Aber er ist leider vollschtändisch betrunken, dieser Clochard. Diese bösen Verbrescher verfolgen ihn nischt mehr."

Brechmann stand auf.

"Du mir sagen Telefonnummer. Ich Deine Mann fragen", meinte der Widersacher der Unterwelt raffiniert und sah seinen Gast dabei genau an.

"Oh, Monsieur Breschmaan, das ist nischt nötisch."

Sie wirkte kühl wie ein Eisblock. Brechmann öffnete den Kühlschrank. Es wurde etwas wärmer in der Wohnung.

"Warum nicht?"

"Isch denke, der Fall ist fini, abgeschlossen, und isch möschte Sie bezahlen."

"Aber Deine Mann etwas Anderes sagen", versuchte es der alte Taktiker.

Sie reagierte. Sie sah für einen Augenblick nach unten und schüttelte sich fast unmerklich. Als sie wieder aufsah, öffnete sie einen weiteren Knopf ihrer Bluse.

Doch schon im nächsten Moment merkte sie, daß das ein Fehler war.
Trotz der Augen, die er machte, hatte der gewitzte und verschwitzte rundliche Detektiv einen Vorteil.
Sie versuchte zu überspielen.
“Naturellement weiß isch nischt, wann Sie das letzte Mal mit meine Maan geredet haben. Isch weiß nur, daß isch Sie auszahlen soll, und der Fall ist erledigt.“
“Aber er seien betrunken.”
“Mon Dieu, er weiß immer, was er tut und sagt.”
Brechmann erhob sich und ging auf und ab.
“Warum Du kommen mitten in der Nacht? Warum Du kommen nicht erst morgen? Ich denken, ist was faul!”
Sie sah ihn an.
“Isch wollte Sie nur wiedersehen. Gefalle isch Ihnen? ‘aben Sie kein gemütlisches Plätzschen?”
Sie hatte, während sie sprach, Brechmann nicht aus den Augen gelassen und weitere Knöpfe ihrer Bluse geöffnet.
Brechmann sagte nichts, sondern sah ihr nur zu.
Geschichten mit Frauen sind gut, solange man sich darauf einigt, keine Gefühle zu zeigen, dachte er bei sich. Aber anders als sonst, war ihm gar nicht danach zumute. Auch sein Piepel dachte nicht daran zu reagieren.
“Warum Du wollen, daß Job zu Ende?”
“Mon Cher, Sie sind rischtiger Verfeschter von Rescht, Ordnung und Gereschtigkeit. Cherie, wir könnten unser Vergnügen ‘aben.”

Sie hatte allerdings schon damit begonnen, ihre Bluse wieder zuzuknöpfen.
Sie war sich ihres Erfolges nicht mehr so sicher.
Brechmann versuchte es erneut.
"Du können auch Fragen beantworten?"
"Sie sind unromantisch."
"Also?"

Sie schwieg.

Das Schweigen sagt auch so einiges.

Brechmann zog es vor, ebenfalls zu schweigen.

Schweige

pause

Es änderte sich nichts.
Schließlich stand sie auf und wollte gehen, aber nicht, ohne Brechmann noch kurz unsittlich zu berühren.
Brechmann hielt sie auf.
Sie sah ihn erwartungsvoll an.
“Was ist mit der Kohle?”
Sie versuchte nicht zu feilschen, sondern zahlte gleich in bar. Anscheinend schien sie den Banken nicht zu trauen.
Als sie sich dann aber zum wiederholten Male versichern wollte, ob der Job denn nun zu Ende sei, stimmte ihr Brechmann zu. Kaum war sie aus dem Haus, versuchte er Tasse anzurufen.
Er ließ es lange schellen.
Keine Reaktion.
Entweder war Tasse tatsächlich sturzbetrunken oder nicht daheim.
Bei der zweiten Möglichkeit mußte Frau Tasse etwas wissen, was sie vor ihm verbarg.

36

Die Bankfiliale in Dortmund-Hörde verbreitete den gleichen Zauber wie alle diese Institutionen.
Ein großer, dezent gestalteter Schalterraum, mit Teppichboden (braun), hölzernen Kisten mit gros-

sen Grünpflanzen, einer marmornen Theke und den übergroßen Glasvitrinen, die als Kasse dienten und wie überdimensionale Aquarien aussahen. Aber Geld schwimmt nicht.
Die Türen öffneten sich automatisch.
Brechmann trat ein.
Er sah sich zunächst im Schalterraum um, konnte den Vizefilialleiter Borg Tasse aber nirgends entdecken.
Er entdeckte nur eine junge Dame.
Sie schüttelte den Kopf und meinte, Herr Tasse sei nicht zu sprechen.
Der Kriminalpolizeitrick zog erneut.
Sie fragte hinten nach und erklärte dem vermeintlichen Kriminalbeamten, daß Herr Tasse heute krank sei. Seine Frau habe das mitgeteilt. Was genaueres könne sie aber auch nicht sagen. Man gehe aber davon aus, daß Herr Tasse morgen seinen Dienst wieder wie gewohnt aufnehmen werde. Wenn es irgendwelche Anhaltspunkte für ein nicht korrektes Benehmen ihres Herrn Tasse geben würde, bitte ihn der Filialleiter um ein Gespräch.
Brechmann winkte ab.
Er bedankte sich und verließ die Schalterhalle.
In einer Telefonzelle schüttete er sein gesamtes Kleingeld auf das Notiztischchen und wählte zwei Groschen aus dem Sortiment. (Im Nachhinein kann leider nicht mehr festgestellt werden, wie Brechmann seine Auswahl traf. Es könnte sein, daß er es rein willkürlich tat – sozusagen die Chance des

ersten Griffs. Es konnte auf der anderen Seite aber auch genausogut sein, daß er sich zwei Groschenstücke gerade für diesen Zweck markiert hatte. Wenngleich der Autor eher der ersten Version zuneigt, sollen sich die Leser hier nicht auf dem weiten Feld der Spekulation verlaufen).
Brechmann warf ein.
Dem ersten Groschen folgte der Zweite, wer hätte das gedacht?
Er wählte Tasses Nummer.
Nach einiger Zeit hob Frau Tousseau-Tassé ab.
Sie war überrascht.
“Was wollen Sie denn noch”, fauchte sie ihn an. “Isch ’ab Sie gut bezahlt und nischt einmal einen schriftlischen Text von Ihnen er’alten. Im übrigen ist mein Maan für Sie nischt mehr da.”
“Du mir geben Deine Mann und nix Mätzchen, kappitto!”
“Monsieur Breschmaan, adieu.”
Sie legte auf.
Brechmann versuchte es noch einmal auf eine andere Art. Er erkundigte sich in der Filiale nach dem Namen des Chefs.
Er hieß Egon Schatzschneider und war auch ein Mann der Mitte, jedenfalls dachte sich das der stämmige Detektiv, auch ohne ihn gesehen zu haben.
Zurück in der Telefonzelle wiederholte er das gleiche Spiel mit den Zehnpfennigstücken. Vielleicht kann eine Auseinandersetzung mit diesem Thema

noch entscheidend für die Aufklärung dieses Falles werden – also nichts vergessen, liebe Leser.
Mit verstellter Stimme stellte er sich als Schatzschneider vor, Frau Tassé war gleich viel zugänglicher. Ihr Mann schlafe gerade, es täte ihr furchtbar leid, aber wegen der Schmerzen habe er die ganze letzte Nacht kein Auge zugetan.
Ohne den Mann der Mitte noch einmal zu Wort kommen zu lassen, verabschiedete sie sich und legte auf.
Brechmann hielt den Hörer immer noch in der Hand und grübelte. Dann entschloß er sich, zu Tasses Wohnung zu fahren.

37

Er wurde im Hausflur abgefertigt. Frau Tousseau-Tassé erweckte den Eindruck, als wolle sie sein Eindringen mit Zähnen und Klauen verhindern und mit großem Geschrei die Nachbarschaft mobil machen.
Aber Brechmann war wie immer Herr der Lage.
Er hielt ihren Mund zu, so daß ihr kaum noch Luft zum Atmen blieb.
"Du seien ruhig. Nix laut", fauchte er sie an.
"Wo er seien?" fragte er barsch, als er die Tür mit einem Fuß hinter sich zugedrückt hatte.

Sie regte sich nicht.
Der Schweiß rann jetzt auch ihr den Hals herunter.
“Also”, fuhr sie der Detektiv noch einmal an und nahm seine Hand von ihrem Mund.
“Ge’en Sie, bitte ge’en Sie.”
Sie wirkte hilflos. Diese selbstbewußte Frau , absolut hilflos. Brutal riß er sie herum.
“Also wo seien er?”
Wieder winselte sie darum, daß er gehen solle.
Brechmann marschierte durch die Wohnung.
Von Tasse keine Spur.
Da auch die Dame nichts weiteres mehr sagen wollte, blieb Brechmann nichts übrig, als ihrer Aufforderung Folge zu leisten und zu verschwinden.
Leider war auch die Whiskyflasche leer.
Er verschwand in seinem Renault Alpin.
Mit Sonnenbrille. Ohne zu vergessen, sich nochmal zu kneifen. Aber ganz zärtlich.

38

Er fuhr nicht gleich los, sondern überlegte zunächst.
Es fiel ihm nichts besseres ein, als das Krankenhaus aufzusuchen, in dem die Schürmann ihr tristes Dasein führte.
Aber auch hier: Fehlanzeige.
Ein Gespräch sei unmöglich, Frau Schürmann sei

noch auf der Intensivstation und werde dort voraussichtlich noch mindestens eine Woche liegen.
So wurde Brechmann locker abserviert.
Er setzte sich einen Moment in die Wartehalle und ließ die anonyme, sterile Atmosphäre einen Moment auf sich wirken.
Das Licht fiel durch zwei große Fensterfronten in den gekachelten Raum. Auch die Pflanzen in den großen Blumenkübeln vermochten es nicht, der Halle die krankmachende Sterilität zu nehmen, ganz abgesehen vom typischen Krankenhausgeruch. Brechmann wunderte sich, daß man in so einer Umgebung arbeiten konnte, ohne größere Schäden zu nehmen. Er selbst wollte lieber gehen, um größeres Unheil für sich zu vermeiden. Besonders die enorme Lustfeindlichkeit machte ihm Angst.
Doch dann kam er, und zwar direkt auf ihn zu.
Brechmann stand auf.
Schürmann wirkte zerfahren, gealtert.
“Herr Brechmann, ich komme von meiner Frau”, sagte er, ohne zu grüßen.
“Was sagt sie?” fragte Brechmann ebenfalls ohne Gruß.
“Was sagt sie, eine gute Frage. Sie kann nur Andeutungen machen, dann ist sie wieder weg. Außerdem hat sie Angst, das spürt man, ich glaube, sie fühlt sich auf der Intensivstation sicher und will deshalb nicht so schnell gesunden. Ich kann sie gut verstehen. Schließlich bekommt sie hier all das, was ich ihr nie bieten konnte: Geborgenheit, Liebe, Zu-

neigung, Herzenswärme, Sicherheit und vier Mahlzeiten am Tag, Sie verstehen? Außerdem kann ihre Aussage schließlich für irgendjemanden von verdammt einschneidender Bedeutung sein.
Hören Sie, sie erwähnte auch Ihren Namen in Zusammenhang mit Hilfe. Ich möchte, daß Sie für mich arbeiten, besser gesagt, für meine Frau."
Brechmann war überrascht.
Da er aber ohnehin an dem Fall dranbleiben wollte, war ihm der zu erwartende finanzielle Gewinn nur recht. Außerdem war der neue Klient in großer Not, und das läßt sich für einen einigermaßen cleveren Detektiv stets in barer Münze nachrechnen.
"Ich habe wenig Interesse", sagte er deshalb und berichtete von langen Wartelisten. "Wer Qualität will, muß warten. Aber in etwa zwei Monaten können Sie mich noch einmal anrufen."
Schürmann schluckte.
"Geld spielt keine Rolle", bot er an.
"Nicht uninteressant", gestand Brechmann.
Schürmann nickte.
"Kommen Sie heute nachmittag gegen 15.00 Uhr zu mir. Dort können wir alles weitere bereden."
Augenscheinlich hatte Schürmann noch im Krankenhaus zu tun.
Da es kurz nach zwölf war, hatte Brechmann Hunger. Aber das Essen sollte ein Arbeitsessen werden. Er ging in eine Telefonzelle und verabredete sich zum Essen in einem griechischen Restaurant.

39

12.30 Uhr.
Griechisches Restaurant, Hohe Straße 46.
Es drang kaum Tageslicht in das Lokal ein. In dem dämmerigen Halbdunkel wirkte das Treffen der beiden wie eine Verschwörung.
Der Wirt hatte seinen einzigen Gästen zunächst einmal Getränke gebracht. Dann nahm er die Bestellung auf.
Brechmann trank schnell und schwitzend und wischte sich den Schaum vom Mund und anschließend den Schweiß von der Stirn.
Sein Gegenüber hatte Mittagspause und kam vom nahegelegenen Polizeipräsidium.
Willy.
Er schwitzte nicht.
Willy hatte nichts Neues zu berichten.
Der entlaufene Fingerabdruck war noch nicht wieder aufgetaucht.
Brechmann hatte sich einiges von dessen Vernehmung versprochen.
Es sollte nicht sein.
Dann erzählte der Detektiv die Neuigkeiten. Berichtete vom Verhalten Frau Tousseau-Tassés und vom Verschwinden ihres Mannes.
"Ich hoffe nur, daß dem nichts passiert ist. Wie der Schürmann. Auch die Bohnenstange ist jetzt schon eine ganze Zeit untergetaucht."
Willy hörte aufmerksam zu.

Bis das Essen kam.
Gyros in einer Vielzahl von Zwiebeln, dazu ein saftiger Krautsalat, Pommes und noch ein Bier für Brechmann. Ein kleiner grüner Salat mit einer Scheibe Brot, kein Bier – Mineralwasser, aber ein großes – für Willy.
Stumm aßen die beiden schwitzend und schnaufend vor sich hin. Das heißt, sie schaufelten förmlich. Quasi um die Wette. Auf das Kauen legten sie nicht soviel Wert. Wichtiger war ihnen das schnelle Schlukken. Leider stand kein Linien- oder Schiedsrichter neben den beiden Übereifrigen. So blieb das Rennen inoffiziell und tauchte nicht am nächsten Morgen in der Zeitung auf der Sportseite auf. Die Vorteile waren während des Rennens durchaus verteilt, allerdings gab es immer wieder Zwischenspurts und darauf wieder um so vehementere Konter. Da das Rennen nur inoffiziell ausgetragen wurde, wollen wir an dieser Stelle auch den Sieger nicht nennen. Soviel sei aber gesagt: Das Verzehren dieser deftigen Gerichte dauerte höchstens zwei Minuten – oder etwa nur eine? – länger aber nicht.
Dann kamen sie wieder zum Thema.
Brechmann bat Willy darum, ihm bei der Suche nach Tasse zu helfen.
Willy nickte.
“Glaubst Du, daß der mit dem Einbruch bei Dir oder bei der Schürmann zu tun hat? Oder, wie kannst Du da eine Verbindung schaffen?”
Brechmann sah ihn entrüstet an.

“Verbindung schaffen”, wiederholte er verächtlich, “sag mal, haste mir überhaupt zugehört, oder wie ist das zu verstehen – Verbindung schaffen!”
Brechmann schüttelte den Kopf.
Willy blieb ganz ruhig.
“Na, mach nicht so ‘ne Schau, sag was los ist!”
Brechmann rülpste und bestellte sich noch ein Bier.
“Ist schon gut, klar, is schon gut.”
Er nahm bedächtig den letzten Schluck aus seinem Glas.
“Die Verbindung ist der Bankraub von 1967. Alle Beteiligten an der Geschichte damals – wie auch immer sie daran beteiligt waren – tauchen jetzt wieder auf und klüngeln irgend etwas aus. Der blöde Brechmann mittendrin hat von nichts ‘ne Ahnung und wird auf die alte Herrenriege der Bankräuberschaft losgelassen. Die lassen sich natürlich nicht zweimal bitten und brechen bei ihm ein. Also weiß der Detektiv was, oder besser, es könnte sein, daß der Detektiv irgend etwas wertvolles weiß. Zum Beispiel, wo die Beute ist.”
Willy gähnte.
“Verworrene Geschichte, die Du mir da erzählst. Naja – aber wenn dem so ist, suchen wir natürlich den guten Herrn Tasse. Auf der anderen Seite kann es natürlich auch sein, daß Du tatsächlich weißt, wo das Geld ist.”
“Wie meinst Du das?”
“Keine Andeutung von Tasse? Oder von der Schürmann? Womöglich von dem Arzt? Kann doch sein,

daß irgendwer von diesen Personen der andere Bankräuber war oder mit dem unter einer Decke steckte. Dadurch, daß sich die Geschichte nun einmal so entwickelt hat, scheinen zumindest einige Beteiligte zu glauben, daß das Geld, also die Beute von damals, noch irgendwo zu holen ist. Wenn jetzt aber diese drei Personen mit dem Geld nichts mehr zu tun haben wollen aus Schiß oder wegen schlechtem Gewissen, dann suchen sie sich einen, der das Geld für sie nimmt, und der kann sich dann mit der Verbrechercrew von anno dazumal auseinandersetzen. Damit aber der Detektiv nicht gleich merkt, worauf es ankommt, wird ihm der Fund der Beute nicht so leicht gemacht. Er soll erstmal ein bißchen recherchieren, dann die Beute finden, aber nicht herausbekommen, wer sie dort deponiert hat, anschließend wird er sich wohl noch mit den Gangstern treffen, die ihn immerhin schon ausgeraubt haben."

"Auch 'ne Möglichkeit", sagte Brechmann nur, "aber sehr weit hergeholt." Dann schwieg er.

"Überleg doch mal", fuhr Willy fort.

"Tu ich doch!"

"Hat Dir irgendwer einen Tip gegeben?"

Die beiden saßen schweigend da.

Brechmann kraulte sich in seinen Koteletten, Willy in seinem lichter werdenden Haar.

"Mir fällt auf die Schnelle nichts ein", schüttelte Brechmann sein rundes Haupt.

Willy sah ihn an und säuberte seine Fingernägel.

Den Dreck zerrieb er mit Daumen und Zeigefinger und legte ihn säuberlich gerollt in den Aschenbecher.
Brechmann winkte dem Ober.
"Zahlen."
Ein Ouzo folgte. Einige Scheinchen wechselten den Besitzer. Dann verließen die beiden Schnüffler den Raum des Fressens.

40

Zu Hause angekommen, holte sich Brechmann zunächst ein kühles Bier aus dem Kühlschrank. Eine leichte Fontäne stieß ihm beim Aufreißen des Deckels entgegen und traf seine weite Sommerhose. Der Detektiv fluchte und zog seine Hose aus, nachdem er die Dose geleert hatte. Seine schwarze Unterhose lugte nur an den Seitenschlitzen des Hemdes hervor. Ansonsten wirkte das Hemd in der Beckengegend wie ein Lendenschurz. Wenigstens sah es von vorn nicht aus wie eine Pyramide.
Der Kneifer.
Brechmann durchschritt seine Wohnung. Aber Spuren eines weiteren Einbruchs waren nicht zu entdecken. Nur das Telefon wartete auf die schwitzende Hand des Detektivs.

Aber wen sollte er anrufen.
Der Stuhl des Schreibtisches ging leicht in die Knie und ächzte vor Überlastung.
Der Schreibtisch blieb leer.
Das Telefon wartete noch immer.
Im Telefonbuch fand er die Nummer von Waldi Metz-Kapaun, Arneckestr.88.
Er wählte die Nummer.
Schon nach dem dritten Klingelzeichen wurde der Hörer am anderen Ende abgehoben.
“Metz-Kapaun.”
“Brechmann, guten Tag. Frau Metz-Kapaun, Sie haben doch früher in der Bank in Kirchhörde... .”
“Bei der Stadtsparkasse!”
“Genau, da haben Sie gearbeitet, nicht wahr? Sie erinnern sich doch bestimmt an den Banküberfall im Jahre 1967?”
“Aber sicher. Sie sind ja schon der Zweite, der mich danach fragt.”
Brechmann stutzte.
“So – schon der Zweite. Haben Sie in der nächsten halben Stunde ein paar Minuten Zeit für mich? Ich möchte Ihnen nur schnell einige Fragen stellen.”
“Kommen Sie doch heute abend vorbei. Ich habe gleich noch eine Verabredung und muß dann noch ein paar Sachen erledigen. Spätestens halb acht bin ich wieder da.”
“Schönen Dank. Bis dann.”
Brechmann hängte ein.
Das Telefon schrillte.

Die fette Hand hob ab.
“Baach. Ich versuche schon seit einiger Zeit, Sie zu erreichen. Ich wollte einfach mal hören, was sich tut in unserem Fall. Gibt es was Neues? Haben Sie eine Spur? Kann man helfen?”
“Nein, nein, ich weiß auch nicht mehr als Sie. Ach so, Frau Metz, jetzt Metz-Kapaun, Ihre ehemalige Kollegin, habe ich erreicht. Vielleicht kann die mir ja weiterhelfen. Ich glaube es aber nicht. Was soll die schon wissen? Heute abend gehe ich mal bei ihr vorbei.”
“Ach, die alte Metz, die hab ich schon seit zehn bis zwölf Jahren nicht mehr gesehen. Daß es die überhaupt noch gibt. Naja, dann will ich Sie nicht länger stören. Wenn Sie Hilfe brauchen, dann wissen Sie ja, wer immer für Sie da ist. Bis dann.”
Brechmann räusperte sich und griff von hinten in seine schwarze Unterhose, dann schnupperte er genießerisch an seinen Fingerspitzen.
Der Alte geht mir so langsam auf die Nerven, dachte er.
Inzwischen war es auch schon fast 15.00 Uhr.
Schürmann wartete auf ihn.

41

Der Butler öffnete nicht. Der Diener, der vorgab, gar kein Ringer zu sein und doch ein Ringer war. Brechmann fiel auf, daß es sich irgendwie auch um einen Ringerfall handelte. War der Türsteher und -öffner nicht aktiv beim Kraftsportverein Witten? Und hatten nicht Tasses Eltern ihren Borg auf einer Ringermatte der Schifferstädter unter Schmerzen gezeugt? Konnte es nicht sein, daß sich die alte Rivalität der beiden Clubs in Freundschaft gekehrt hatte? Stand Tasse zwischen den Matten, auf denen sich schwergewichtige Ringer nicht mehr den Garaus machten, sondern es auf ein neues Opfer abgesehen hatten?

Schürmann öffnete höchstpersönlich die Tür.

“Sind Sie auch ein Ringer?” fragte Brechmann durchtrieben.

“Was soll diese Frage denn?”

Schürmann war verwirrt.

Als man dann auf Schifferstadt oder Witten zu sprechen kam, sah der Arzt dem Detektiv ganz tief in die Augen, und Brechmann wechselte das Thema.

Sie setzten sich auf die Veranda, wo schon ein Kaffeetisch gedeckt worden war.

Milch, Sahne, Erdbeerschnittchen, Apfeltorte, Schwarzwälderkirsch, Teller, Tassen, Tischdecke.

Schon wieder ‘ne Blonde.

Und was für eine. Sie trug den Duft des Kaffees herbei.

Brechmann hatte gegen ihre Figur nichts einzuwenden, nur, daß sie die beiden Herren wieder allein sitzen ließ, paßte ihm nicht.
Brechmann starrte ihr nach.
Aber in seiner Hose tat sich nichts.
"Nette kleine Krabbe. Ganz gut, wenn die Alte mal ein paar Tage nicht da ist, gell?" biederte Brechmann.
"Aber, ich bitte Sie."
Schürmann schlug als erster auf den Kuchen ein.
Der Detektiv hielt wacker mit. Bei einem satten Rülpser vermischten sich Kaffee- und Kuchengeschmack mit dem des griechischen Mittagessens.
Beim Essen wurden sie sich schnell über die Finanzen einig. Brechmann schnitt nicht schlecht ab und überlegte schon, bei welchen teuren Gelagen er das Geld unter die Leute bringen würde.
Dann redete Schürmann wieder von seiner Frau und ihrer Angst, dann von der Angst im allgemeinen.
Solange noch Kuchen auf dem Tisch stand, ließ Brechmann ihn reden und aß.
"Übrigens", unterbrach ihn Brechmann, "ich hab einige Erkundigungen eingezogen. Daß das von vornherein klar ist. Was ist aus dem Vorwurf der Zuhälterei und der Unzucht mit Minderjährigen geworden?"
Schürmann schluckte.
"Wollen Sie mich erpressen?"
"Es könnte ja für unseren Fall wichtig sein."

Der Arzt schüttelte den Kopf.
"Nein, das glaube ich nicht. Sie sind übrigens der erste, der mich seit fast zwanzig Jahren wieder darauf anspricht. Es war ein einfacher Fehltritt, sonst nichts. Sie wissen doch, daß ich in München saß und meine Frau irgendwo im Ruhrgebiet. Sie war weit weg. Außerdem hatte ich den Eindruck, daß sie mich nicht mehr richtig mochte. Sie war so distanziert, und wenn ich sie darauf ansprach, lachte sie nur. Sie verstehen?
Oft hatte ich das Gefühl, daß sie froh war, wenn das gemeinsame Wochenende vorbei war. Dann lernte ich Anja kennen. Sie nahm kein Blatt vor den Mund. Sie redete über alles in einer solchen Offenheit und ertappte mich sooft in meinen Gedanken. Kurzum, ich war richtig verliebt. Draufgängerisch verliebt, Sie verstehen? Wie gesagt, sie war so offen, nur hatte sie mir nicht verraten, daß sie erst fünfzehn war. Und auch nicht, womit sie sich ihr Geld verdiente. Von mir nahm sie nichts. Bis sie eines Tages blutend zu mir kam. Ihr ganzer Körper war übersät mit blauen Flecken. Sie weinte und klärte mich auf. Ich wollte mich scheiden lassen und sie retten. Bis die Polizei kam. Man behauptete, ich hätte sie so zugerichtet und sie zur Prostitution angestiftet. Erst dann erfuhr ich, wie alt sie war. Ihre Eltern haben sie weinend abgeholt. Ihr Vater hat mich angespuckt. Mir war so elend."
Schürmann hatte die ganze Zeit erzählt, ohne Brechmann anzusehen.

Jetzt sah er auf. Eine Träne rollte über die ärztliche Wange.
Ach du liebe Scheiße, dachte Brechmann. Er fragte sich, ob der Mediziner nun anfing zu schauspielern. Er wußte es nicht.
Brechmann lehnte sich zurück und wollte eine Frage stellen, doch Schürmann kam ihm zuvor.
"Man hat sogar meinen Vater auf die Sache angesprochen. Der hat nichts dazu gesagt. Gar nichts. Wir hatten uns etwas zerstritten, als ich mal auf einer Tour mit Anja bei meinen Eltern vorbeikam. Anjas Art hat meine Eltern richtig fertiggemacht. Wir sollten in getrennten Zimmern schlafen. Ich hatte das akzeptiert. Anja nicht. Sie fragte meine Eltern, ob sie glaubten, daß wir es noch nie zusammen getrieben hätten, und gerade zu Hause wollte sie mich – das mache sie geil.
Seitdem sprechen meine Eltern nicht mehr mit mir. Ich bin nicht mehr ihr Sohn, und sie sind nicht mehr meine Eltern."
Ein unkontrolliertes Schluchzen schüttelte den Körper des Doktors.
"Nun reißen Sie sich doch zusammen, Mann! Wie ging es weiter? Hat es seit Ihrer Studentenzeit keine Kontakte mehr mit Ihren Eltern gegeben?"
"Nein."
Brechmann griff sich an die Schläfen und stieß wieder ein Gemisch aus Kuchen und griechischem Essen auf. Er schüttelte sich, kniff die Augen zusammen und schluckte alles wieder hinunter.

“Wann haben Sie Ihre Praxis aufgemacht?”
“Jeden Morgen, pünktlich um 7.30 Uhr. Montags manchmal etwas später. Das Wochenende, Sie verstehen?”
“Verarschen kann ich mich alleine. In welchem Jahr haben Sie die Praxis eröffnet?”
“Das war nur kurze Zeit nach den Münchener Vorfällen. Ich fühlte mich in der Stadt nicht mehr wohl. Hinter jedem Baum vermutete ich den rachsüchtigen Vater mit ‘nem Totschläger oder ‘ner Kanone in der Hand. Anja kam in eine Besserungsanstalt, ich durfte sie auch nach meiner erwiesenen Unschuld nicht besuchen. Meine Frau hat zu mir gestanden. Das hat mich am meisten überrascht. Sie hat nichts gefragt, trotzdem wußte sie fast alles. Ich habe viel getrunken zu der Zeit. Ich habe es noch im Kopf. Es waren 351 Hefeweizen, 193 Paulaner Doppelbock, 47 Flaschen Enzian, 215 Flaschen Martini und – das hat mir den Rest gegeben – jeden Morgen ein Glas Eierlikör.”
“Konnten Sie sich das leisten?”
Schürmann seufzte.
“Leisten - wer kann sich schon was leisten. Ich habe es mir einfach geleistet, Sie verstehen?”
Brechmann blieb hartnäckig.
“Wer hat nun die Praxis bezahlt?”
“Hören Sie, sie ist bezahlt!”
“Meine Frage lautet: WER HAT SIE BEZAHLT?”
“Es ist zwanzig Jahre her, wir haben es irgendwie geschafft. Was weiß ich?”

“Vielleicht mit Zuhälterei oder mit einem Bankraub oder womit?”
Schürmann reagierte auf die Reizworte nicht, jedenfalls nicht so, daß es der Detektiv bemerkt hätte.
“Wollen Sie mich beleidigen?”
“Ich suche nur die Wahrheit!”
“‘ne bessere Detektivphrase ist Ihnen auch nicht eingefallen. Was hat das eigentlich mit meiner Frau zu tun?”
“Vielleicht hat es etwas mit ihr zu tun?”
Brechmann sah Schürmann fragend an.
Die Frage blieb stehen.
Mitten im Raum.
Minutenlang.

?

Der Schnüffler gab auf.
“Kennen Sie einen Herrn Tasse?”
Schürmann überlegte.
“Tasse – der Name kommt mir bekannt vor - sagen Sie mal – haben Sie mich das nicht schon einmal gefragt? Dann kennen Sie doch meine Antwort.”
“Mit dem Unterschied, daß ich jetzt Fotos habe, auf denen Sie mit Herrn Tasse beim Spaziergang abgelichtet wurden.”
Schürmann griff sich an die Stirn.
“Was wollen Sie eigentlich von mir?”
“Ich will nichts von Ihnen. Ganz im Gegenteil, Sie wollen etwas von mir. Sie bezahlen mich sogar dafür, daß ich hier sitze und Ihnen peinliche Fragen stelle.”
“Gut. Ich bemühe mich, Ihnen zu helfen. Wer ist das denn nun, dieser Tasse?”
Einer kniff. Der andere nicht.
Der Kneifer überlegte erneut, ob sein Gegenüber ein gewiefter Schauspieler sei.
Er wartete noch einen Moment.
Nichts.
Brechmann berichtete von Tasse, ohne von dessen Verhältnis mit der Schürmann zu erzählen. Er fand, das sei er der Verletzten schuldig.
Schürmann erinnerte sich trotzdem nicht, wollte aber weiter darüber nachdenken.
Erst jetzt spürte Brechman, wie sehr er schwitzte. Die Hitze trieb es ihm aus allen Poren.
Er schleppte seinen stämmigen Körper an Schür-

mann vorbei zum Swimmingpool, zog sich aus und sprang hinein.
Er dachte an das letzte Mal in diesem Bassin.
Schürmann blieb auf der Veranda sitzen.
Er grübelte.
Auf der anderen Seite hoffte Brechmann,daß die Blonde irgendwann mit dem Handtuch auftauchen würde.
Sie kam nicht.
Er mußte sich in der Sonne trocknen.
Ging aber auch recht schnell.
War nur nicht so schön.
Wieder angezogen, wollte sich Brechmann verabschieden, als ihm noch etwas einfiel.
“Warten Sie, Herr Schürmann, Ihre Frau hat da so eine Sache erwähnt. Sie sagt, sie habe ein Foto, das für unseren Fall interessant sein könnte. Es zeigt Frau Tasse mit ihrem Liebhaber.”
Schürmann war reseviert.
“An die Sachen meiner Frau kann ich natürlich nur mit deren Einwilligung. Da muß ich sie selbstverständlich erst einmal fragen, Sie verstehen?”
“Dann aber zügig. Bis die Tage. Tschüß, Herr Schürmann.”
Brechmann zog seine Sonnenbrille hervor und schritt durch den Garten Richtung Straße und Alpin.

42

Müdigkeit macht auch vor einem Detektiv nicht halt.

Besonders nicht vor Brechmann.

Der schlief ausgesprochen gern.

Und tief.

Unter sämtlichen Laken.

Unter Astern.

Er schnarchte.

Die Unordnung des Zimmers zu beschreiben, lohnt nicht.

Den Geruch zu beschreiben ...

Das Telefon schellte.

Mühsam wurde Brechmann wach.

Die Luft war zum Schneiden.

"Tag, Werner, wollte nur mal hören, wie spät es ist?"

Willy, der Spaßvogel.

Brechmann schnappte nach Luft.

"Deshalb weckst Du mich, Du Arschgeige?"

"Kleiner Scherz meinerseits. Nein, im Ernst, Werner, was gibt es Neues?"

Brechmann berichtete von seinem neuen Auftraggeber, welche Antworten der gegeben hatte und welche nicht.

Willy meinte: "Na, dann ist das Geld vom Einbruch doch schon verbraten."

Aber Brechmann wollte auf etwas anderes hinaus.

"Willy, hör zu: Vielleicht haben wir es doch mit zwei Fällen zu tun. Er sagt, daß seine Frau damals gut zu ihm gehalten hat. Warum nur? Es kann doch sein, daß er sich durch diese Münchener Geschichte seine Praxis hat zusammenhuren lassen. Kann auch sein, daß seine Frau mit den Münchener Sachen irgendwie Kohle gemacht hat. Vielleicht ‘ne kleine Rache, die andere Leute viel Geld gekostet hat, den Schürmanns aber zu deren Reichtum verholfen hat. Wie steht’s? Kannst Du da nochmal nachhaken im deutschen Süden?"

Keine Reaktion.

"Biste noch dran?"

"Klar. Ich überlege nur, auf was ich mich da eingelassen habe. Ich muß ja mehr für dich tun als für Väterchen Staat. Ungewiß und vergänglich ist das Glück; gewiß und ewig bleibt die Pflicht. Feuchtersleben, 1838."

"Red nicht so ‘ne Scheiße. Bist Du dabei oder nicht?"

"Ja gut, Werner, ich seh mal zu, was sich machen läßt. Weil Du es bist. Tschüß!"

"Halt, Willy, noch was Wichtiges. Hol Dir mal schnell Papier und Bleistift."

"Gut. Einen Augenblick."

Brechmann wartete.

"So – alles klar. Ich notiere."

"Zum Mitschreiben: Es ist genau 18.37 Uhr und 20 Sekunden. Tschüß, alter Schwede."

Brechmann legte auf und lehnte sich zurück.

Er biß sich in seinen Zeigefinger. Der Finger biß zurück.

"Merkwürdig", dachte Brechmann.

43

19.40 Uhr.
Direkt vor dem Haus in der Arneckestraße 88 fand Brechmann einen Parkplatz. Er befreite seine buschigen Koteletten von der spiegelnden Sonnenbrille und hob seinen Bauch aus dem niedrig liegenden Alpin.
Als erstes registrierte er eine kleine Eckkneipe unten im Haus.

Glück gehabt, Werner, kannst Du ja gleich mal testen, was die für 'n Bier zapfen. Aber erst die Arbeit, dann das Vergnügen.

Die Haustür war nur angelehnt. Trotzdem schellte Brechmann bei Metz-Kapaun und machte sich gleich auf den mühsamen Weg hinauf in den dritten Stock.
Sie hatte ihm die Tür schon geöffnet.
Entgegen seiner Gewohnheit klopfte er höflich an und betrat mit einem forschen "Hallo, ich bin's, Brechmann" die Wohnung.
"Ganz schön hoch hier. Da kommt man gehörig ins Schwitzen. Aber Sie haben sicher was Kühles zu trinken da."
Niemand antwortete.
"Wo sind Sie denn? – Hallo –"
Er schloß die Wohnungstür, wartete bis er zu Atem gekommen war und ging zögernd durch den langen Flur.

In der Küche saß die Metz-Kapaun vornübergebeugt am Tisch.
Er faßte sie von hinten an die Schulter.
"Ist Ihnen nicht gut?"
Ihr Körper neigte sich zur Seite und rutschte mit einem dumpfen Aufprall auf den Boden.
Er hatte sie sich nach dem Telefongespräch lebhafter vorgestellt. Jetzt lag sie da und starrte ihn mit weit aufgerissenen, glasigen Augen an.
Mausetot.
"Ach, du große Kacke," dachte Brechmann. "Erwürgt!"
Seine Gedanken schlugen Purzelbäume.

Warum die? Hat die auch mit der Sache zu tun? Das ist doch kein Zufall! Polizei anrufen? Lieber nicht – oder besser später! Was soll ich denen erzählen?

Er sah sich im Zimmer um.
Über der Eckbank hing – durch einen hölzernen Rahmen von der Blümchentapete abgesetzt – ein Foto von Borg Tasse.

Auch das noch!
Ist der etwa auch hier? Liegt der hier auch irgendwo herum? Oder hat der sogar diese gottverdammte Sauerei veranstaltet?
Ruhig, Brechmann, ganz ruhig. Jetzt nur die Nerven behalten. Der Mörder – ist der noch da?

Brechmann schob sich vorsichtig durch den langen Flur und die anderen Räume.
Nichts.
Er riß Schränke und Schubladen auf und durchstöberte sie oberflächlich.
Wieder nichts.
Neben dem Telefon lag ein aufgeschlagenes Notizbuch, das steckte er ein.
In der Küche fand er nichts Interessantes mehr.

Jetzt aber nichts wie weg.

Er verwischte hastig alle Spuren, die er hinterlassen hatte.
Hinter der Wohnungstür horchte er ins Treppenhaus.
Keiner unterwegs.
Er schlüpfte leise hinaus, huschte die Treppe hinab, sprintete zu seinem Alpin, quetschte sich hinter das Steuer und suchte die nächste Telefonzelle.

44

Brechmann war derartig durcheinander, daß er es noch nicht einmal schaffte, den Angriff des heranstürmenden Hausbewohners zu parieren. Ehe er sich versah, stand der kesse Kress mitten bei ihm in der Wohnung.

“Um Gottes Willen, Herr Brechmann, was ist passiert? Wie sehen Sie denn aus? Jetzt aber sofort ins Bett! Keine Widerrede! Ich mache Ihnen Umschläge, koche ihnen schnell einen Tee. Nachbarschaftshilfe ist doch selbstverständlich. Sie stehen ja immer noch da. Muß ich denn erst schimpfen? Sie wollen doch wohl nicht, daß ich böse werde.”
Brechmann wußte natürlich, daß er nun nicht mehr die geringste Chance hatte, den kleinen wendigen Kress loszuwerden. Auch nicht mit Gewalt. Er mußte das Spiel mitmachen.
“Halten Sie mal still!” befahl Kress und fing an, ihm das Hemd aufzuknöpfen.
Die Hosen zog sich Brechmann freiwillig aus.
“Na, sehen Sie. Mit etwas gutem Willen schaffen wir das schon.”
Brechmann kroch ins Bett.
“Müßte auch mal wieder bezogen werden. Aber jetzt mache ich uns erst mal einen Tee.”
Brechmann überlegte fieberhaft, wie er den Zwerg wieder loswerden könnte.
“Ach, Herr Kress”, sagte er mit matter Stimme” würden Sie mir bitte noch einen Gefallen tun? Im Badezimmer, im Alibert, liegen Aspirintabletten. Holen Sie mir doch bitte eine.”
“Soweit kommt das noch. In ihrem Zustand auch noch Chemie. Ich habe unten Baldriantropfen, die sind genauso gut. Schön liegenbleiben, bin gleich wieder da.”
Kress verschwand.

Mit einem mächtigen Satz war Brechmann an der Wohnungstür, drehte den Schlüssel dreimal herum. Er atmete tief durch.
"Immer der gleiche Trick, und Kress fällt immer wieder drauf rein."
Er setzte sich an seinen Schreibtisch.

So, Werner, jetzt wollen wir mal sehen, ob wir ein wenig Ordnung in die ganze Chose kriegen.

Er holte das Notizbuch der toten Metz-Kapaun hervor und blätterte es durch.
Donnerstag, 4. September – zwei Eintragungen.
17.00 Uhr Hippo.
Ab 19.30 Uhr Brechmann.
Hippo – wer ist Hippo? – Ist er der Mörder? – Die Metz-Kapaun hat davon gesprochen, daß in der gleichen Sache schon jemand angerufen hatte. – Hippo – wer ist Hippo? – Oder heißt es Hippie?

Ordnen, Werner, alles in die Reihe bringen!

Also, 1967 der Bankraub. Täter: Osterwald und Komplize – Frage: Wer ist der Komplize, wo ist die Beute? – Weiter, was ist mit den Bankangestellten von damals? Vier von Ihnen kenne ich: Baach, Tasse, Metz-Kapaun, Schürmann. Der fünfte, der Chef, ist vor zwei Jahren gestorben. – Damals hatten Schürmann und Tasse ein Verhältnis, heute offensichtlich Metz-Kapaun und Tasse.

– Die Schürmann wurde angeschossen, Metz-Kapaun ist tot, Tasse verschwunden. Na prächtig. – Weiter geht's. – Woher kam das Geld für Schürmanns Praxis? – Von dem Überfall? – Warum wurde Frau Schürmann niedergeschossen und von wem? – Was spielt Osterwald für eine Rolle? – Warum läßt er Tasse beschatten? – Warum versucht die Therese Tousseau-Tassé, jeden Kontakt zwischen mir und ihrem Mann zu verhindern? – Wie sieht überhaupt das Verhältnis zwischen Tasse und seiner Frau aus? – Spielt der alte Baach eine Rolle? – Wie paßt der Einbruch bei mir? – Schürmann verletzt – Metz-Kapaun tot – Beide hatten ein Verhältnis mit Tasse. – Tasse und die Frauen – Was ist mit seiner Ehefrau? – Vielleicht ist sie die nächste!

Er ging zum Telefon.

Wählte.

"Detektei Argus."

"Brechmann hier, brauche schnell jemanden, der eine Überwachung für mich macht. Schickt mal sofort – am besten den Marloh, den Phillipp, vorbei. Aber es muß vedammt schnell gehen. Ich warte zu Hause."

Zehn Minuten später klingelte es.

Brechmann warf seinem Kollegen eine Strickleiter zu.

Durchs Treppenhaus konnte er ihn nicht einlassen, da Kress sich immer noch an seiner Wohnungstür zu schaffen machte.

Marloh kam schnell und behende heraufgeklettert.

Um den Hals trug er eine Kamera.
Er war ein junger, schmaler, adretter Bursche, der Bier aus Dosen verabscheute.
Er rümpfte die Nase, als Brechmann ihn zu sich in die Wohnung steigen ließ.
Er fragte nichts, denn er war schon seltsamere Wege gegangen.
Brechmann gab ihm ein Foto und die Adresse von Therese Tousseau-Tassé.
"Die behältst Du im Auge. Rund um die Uhr. Was macht sie, wo geht sie hin, wer besucht sie? Ich will gute Arbeit für mein Geld. Ruf mich am besten morgen an. Und jetzt raus!"
Der junge Kollege verschwand durchs Fenster. Brechmann holte die Strickleiter wieder ein.
Er ging zur Wohnungstür, holte sich seine Baldriantropfen ab und sagte zu Kress, daß er jetzt zu müde sei für weitere Spielchen.
Brechmann legte sich schlafen.

45

Er hatte einen Traum. Er fand Tasses Leiche in einem Bowling-Center, auf der Bowling-Bahn. Man nahm keine Notiz von dem Toten.
Die Kugeln rollten um ihn herum. Dann hob Tasse seinen Kopf und sah Brechmann an. Mit gebroche-

ner Stimme sagte er: “Warum schläfst Du? Warum hast Du mir nicht geholfen? Jetzt bin ich tot...” Dann legte er sich wieder.
Die Bowlingspieler hörten auf zu spielen und bewarfen Brechmann mit ihren Kugeln.
Brechmann wachte auf.
Es war tatsächlich möglich, daß Tasse umgebracht werden sollte oder schon tot war.
Brechmann zog sich in Windeseile an.
Er wollte etwas tun.
Zunächst rief er Schürmann an.
In der Praxis.
Die giftblonde Anmeldelady mit den rotlackierten Fingernägeln teilte ihm kurz angebunden mit, daß keine Sprechstunde stattfände.

Also Werner, auf zu Schürmann.

Der empfing ihn kühl.
Kein Kuchen, nicht einmal ein Getränk.
Brechmann durfte sich in das Zimmer setzen, in dem er die angeschossene Schürmann gefunden hatte. Augenscheinlich waren hier ihre privaten Dinge gelagert.
Der Arzt durchsuchte umständlich eine Schublade. “Es ist eine gelbe Schatulle. Meine Frau hat mir noch ausdrücklich gesagt, ich soll sie nur Ihnen persönlich übergeben. Der Inhalt geht mich nichts an und interessiert mich auch gar nicht mehr. Meine Frau ist nämlich heute Nacht gestorben, Sie verstehen?”

Brechmann nahm die Schatulle und kondolierte artig.
Der Arzt drückte ihm kräftig die Hand, sah ihm fest in die Augen und sagte: "Finden Sie den Mörder meiner Frau, Herr Brechmann!"
Brechmann verließ die Villa.

Numero zwo!
Leichen pflastern Deinen Weg, Werner.

Er dachte an seinen Traum. Der kleine graue Tasse, der ängstlich und verwirrt zu ihm gekommen war. Wer war eigentlich dieser kleine Graue? Wo steckte er, dieser kleine Graue?
Nachdenklich strich er über seinen triefenden Kopf und enterte den Alpin.

Vielleicht liegt in dieser Schatulle der Schlüssel zu all Deinen Fragen, Werner.

Dann kniff er mit der geballten Kraft seiner Rechten zu, daß ein wilder Schmerz seinen Penis durchzuckte.
Aufheulend brausten er und sein Wagen davon.

Er fuhr zurück in sein Büro.
Setzte sich auf den knarrenden Stuhl.
Der Arsch klebte nicht.
Er, also Brechmann, holte die Schatulle hervor.
Briefe und Fotos.
Es handelte sich offenbar um alte Erinnerungen an Herrn Tasse oder vielmehr an eine Liebesliaison mit ihm. Borg Tasse hatte eine literarische Ader. Er konnte den Frühling beschreiben und genau damit einen Beischlaftermin mit der jungen Frau Schürmann verabreden. Es waren zarte Briefe.
Einen der gelungensten lyrischen Ergüsse wollte sich Brechmann unbedingt merken und bei der nächsten passenden Gelegenheit an die Frau bringen.

"... und steigt der Frühlingsmond ganz mählich,
schaut über Feld und Hain,
dann will ich bei Dir sein!
Verlischt sein Licht,
wird fahl und fahler dann im Morgengrau'n,
wird's Zeit für mich,
flink wie ein Wiesel abzuhau'n."

Nach dem 1.4.67 wurde der Tonfall in den Briefen jedoch ganz anders. Interessant, dachte Brechmann, der Banküberfall war am 30.3.
Tasses zärtliche Seiten wandelten sich zu fordern-

den. Er wollte sich von seiner Frau trennen und ein neues Glück mit der Schürmann wagen, schließlich habe man nun ja gute Startchancen. Nur diese Andeutung, und er erwarte ihre baldige Antwort. Erst wunderte sich Brechmann über diese Form der Kontaktaufnahme, zumal beide in der gleichen Filiale arbeiteten. Dann fiel ihm aber ein, daß Baach berichtet hatte, die Schürmann habe nach dem Überfall nicht mehr gearbeitet. Vielleicht war zu diesem Zeitpunkt auch der Kontakt abgebrochen.
Der nächste Brief war ähnlich.
Zumindest schien die Schürmann auf diese Briefe nicht geantwortet zu haben.
Im dritten und letzten Brief schlug Tasse vor, das Vermögen – wie er es nannte – noch einige Jährchen auf Eis zu legen oder Pfandbriefe, Pfandflaschen, Pfandhäuser oder Kommunalobligationen etc. zu kaufen. Am besten wäre aber ein Nummernkonto in der Schweiz. Nach der Verjährung würden sie durch zwei teilen. Wegen dieser Geschichte könne er aber unter keinen Umständen zu seiner Frau zurückkehren.
Brechmann schluckte.
Wegen welcher Geschichte, der mit Frau Schürmann oder der mit dem 'Vermögen'?
Klar war nur, das Vermögen mußte die Beute sein. Tasse und Schürmann wollten teilen. Nein, das war nicht richtig. Tasse wollte mit der Schürmann teilen. Aber die, was wollte die?
Vor allen Dingen ließ der Brief auch die Möglichkeit

zu, daß auch Frau Tassé von der Beute wußte. Wer wußte wohl sonst noch davon?
Weiterhin bestand die Möglichkeit, daß Tasse Brechmann nur als Köder mißbraucht hatte, um andere einzuschüchtern und selbst mit dem Geld abzuhauen.
Tasse war schon zwei Tage weg.
Brechmann immer noch zu Hause.
Die Uhr zeigte 12.45 Uhr.
Brechmann durchkramte noch einmal die Schatulle.
Er fand Fotos einer Liebe. Tasse und die Schürmann in einem Cafe, Arm in Arm, lächelnd; beide auf einer Sonnenwiese, Arm in Arm, lächelnd; beide vor der Iserlohner Müllverbrennungsanlage, Arm in Arm, gequält lächelnd.
Und –
Ein Foto in einer Straßenkneipe, etwas verschwommen zeigte es Frau Tasse, die einen ganz anderen Mann küßte.
Und –
Dasselbe Pärchen noch einmal. Diesmal war auch der fremde Mann zu erkennen: Osterwald!
Also doch, das ist des Rätsels Lösung! Der Komplize des Bankräubers war also tatsächlich eine Komplizin. Allmählich kommt Licht in das Dunkel.
Brechmanns Gedanken rotierten.
Er bedauerte es jetzt ein wenig, die eindeutigen Angebote der Dame ständig ausgeschlagen zu haben. Denn er wollte es schon immer mal mit einer

echten Gaunerin treiben, die so richtig Dreck am Stecken hat, aber so richtig. Die Chance war vertan.
Das könnte bedeuten, daß Tasse gar nicht mit dem Geld verschwunden war, sondern schon nicht mehr unter den real existierenden Mitmenschen zu finden war.
Das Telefon ging. Wohin? – Brechmann auf die Nerven, weil es schon wieder klingelte.
Freund Willy.
"Werner, ich höre gerade von den Jungs der Mordkomission, die Metz-Kapaun ist tot. Erwürgt! Das ist doch die, von der Du die Adresse haben wolltest."
"Die Schürmann ist auch tot."
"Entsetzlich!"
"Ganz ruhig, Willy. Der alte Brechmann hat alles im Griff. Weiß man, wer die Metz-Kapaun erwürgt hat?"
"Wir haben den Tasse schwer in Verdacht. Wo ist der? Werner, wenn Du das weißt, mußt Du es uns sofort sagen."
"Keine Ahnung, wo der Bursche steckt. Ehrlich. Großes Indianerehrenwort! Aber ich glaube, bis heute abend ist der Fall geklärt. Ich denke, es war so:
Osterwald und Therese Tousseau-Tassé haben damals das Ding gedreht. Die Beute ist aber unserem Freund Tasse in die Hände gefallen. Weißt Du, er hat ja damals den Räuber verfolgt und gesehen, wo der den Geldsack hingeworfen hat. Vermutlich hat die Schürmann Tasse das Geld irgendwie ab-

geschwatzt und die teure Praxis ihres Mannes finanziert."
"Fehlanzeige, Werner! 'Was man sucht, es läßt sich finden, was man unbeachtet läßt, entflieht. Kreon in Sophokles, König Ödipus'.
Der Schürmann hat in München tatsächlich ganz schön abgesahnt. Mit Zuhälterei war jedoch nichts. Aber er hat sich die letzten Semester schön von einer älteren, nicht unbetuchten Dame verwöhnen lassen. 'Zufällig', zwei Wochen nachdem er sein Examen gemacht hatte, ist die gestorben – angeblich Herzversagen, aber die Mediziner kennen ja so einige Tricks. Jedenfalls hat die dem Schweinehund einen ganzen Batzen Geld vermacht. Ich glaube, der hat's faustdick hinter den Ohren. Für Deinen Fall ist der völlig uninteressant."
"Diese Möglichkeit fällt also flach. Dann gibt es nur noch eine einzige.
Willy, sag mir auf jeden Fall Bescheid, wenn der Tasse auftaucht.
Tschüß, bis denn."
"Morgen um halb sieben hole ich Dich ab."
"Was ist denn morgen?"
"Der Fensterputzerball!"
"Alles klar, Willy, tschüß!"

47

“Heute morgen um 10.12 Uhr ist die zu Beschattende von einem Mann, ca. 50 Jahre, besucht worden. Er hatte sich zunächst umgesehen, ob das Haus beobachtet wird und augenscheinlich nichts festgestellt. Dann ist er mit eigenem Schlüssel in das Haus gegangen. Frau Tousseau-Tassé ist nicht zu sehen gewesen. Der Besucher ist aber durch ein Fenster der zu beobachtenden Wohnung zu erkennen gewesen. Er ist etwa eine halbe Stunde dort gewesen und hat das Haus dann wieder unter Vorsichtsmaßnahmen verlassen. Etwa eine Viertelstunde später ist Frau Tassé aus dem Haus gegangen und hat einen Großeinkauf getätigt. Entweder sie erwartet jede Menge Besuch, oder aber sie ist der verfressenste Nimmersatt unter Gottes schöner Sonne.”

Brechmann saß im Wagen bei Marloh.

“Wer war dieser Besucher? Hast Du ein Foto gemacht?”

“ ‘türlich.”

“Wo ist es?”

“In der Kamera, wo denn sonst? Dämliche Frage, Herr Kollege.”

“Werd bloß nicht frech, sonst gibt’s ‘ne Watsche! Könnte der es gewesen sein?”

Brechmann hielt ihm das Bild von Osterwald und Tousseau-Tassé unter die Nase.

“Nein, der war älter.”

"Mensch, Junge, mach die Augen auf!"
"Doch – ja – mmhh – das ist er. Wenn ich so genau hinschaue, ja – kein Zweifel – nur ist der älter."
"Das wollt ich nur wissen. Dein Job ist beendet."
Brechmann verabschiedete sich.
Der junge Detektiv Phillipp Marloh sorgte erst einmal für Durchzug. Dann säuberte er alle Flächen, mit denen der alte Fettsack in Berührung gekommen war, mit Sagrotan. Der widerlich beißende Schweißgeruch verschwand auch nicht, nachdem er eine ganze Dose Fichtennadelspray im Wageninneren versprüht hatte.
"Das Autokino heute abend mit Elvira kann ich vergessen. Scheiß Brechmann!"

48

Die Tachonadel mühte sich, weniger als 80 km/h anzuzeigen. Vergeblich. Brechmann raste durch die Stadt. Alte Leute hoben fluchend ihre Gehstökke. Dieser Alpin war ihnen nur zu gut bekannt. Aber diesmal spielte Brechmann kein 'Greise scheuchen'. Er hatte es eilig. Sein rechter Fuß spielte energisch mit dem Gaspedal und nur widerwillig mit dem Bremspedal.
Mit quietschenden Reifen fuhr er in die letzte Park-

lücke vor einem bekannten Massagesalon. Er sprang aus dem Wagen.
Brechmann stand vor "Babsies Lunte".
Geschlossen.
"Scheiße", fluchte er.
Doch dann sah er durch die Glastür eine junge Frau, die sich am Boden zu schaffen machte.
Brechmann klopfte vorsichtig an die Scheibe.
Das Glas splitterte.
Die schlanke Rothaarige hatte sich erschrocken. Sie hielt ihre Rechte vor den Mund und besah sich die Bescherung. Dann öffnete sie.
"Was randalieren Sie denn hier herum. Seien Sie doch nicht so rabiat."
Das junge, schüchterne Mädchen mit den langen roten Haaren stand vor dem Detektiv.
'Circa 25 Jahre', schätzte er.
"Na, wie heißt Du denn, meine Schöne?"
"Bettina, Bettina Möttke."
"Arbeitest Du etwa hier?"
"Nur tagsüber", antwortete sie schnell, "nur tagsüber, als Putze, eigentlich studiere ich Raumplanung, nicht Raumpflege."
Sie lächelte kokett.
"Schade, sonst würde ich Sie engagieren."
Brechmann sah ihr tief in die Augen.
Wie ein Blitz schlug es bei ihr ein.
"Ist sonst niemand da?"
"Nein, wir sind alleine. Der Salon macht erst gegen 19.00 Uhr auf."

“Ich suche den Chef.”
“Da kann ich Ihnen nicht weiterhelfen. Ich weiß nicht, wie man den erreichen kann.”
Brechmann nahm ihre Hand.
‘Das ist ein Mann’, dachte sie und malte sich die zärtlichsten Stunden mit Brechmann aus.
Brechmann spielte mit dem Schlüssel seines Alpin. Sportwagenfahrer.
“Na, Kleines, dann können wir ja den Nachmittag zusammen verbringen”, schnulzte der Detektiv.
“Das geht leider nicht.”
Sie hob enttäuscht ihre Arme.
“Ich muß noch bis 18.00 Uhr arbeiten. Aber dann hab ich viel Zeit.”
“Leider kann ich heute und auch morgen abend nicht.”
“Oh, das paßt gut. Dann können wir am Sonntagabend zusammen zum ‘Ball der sozialistischen Weltjugend’ gehen.”

Paß auf Werner, bei der sind nicht nur die Haare rot.

“Sonntagabend, das ist gut. Wo kann ich Dich abholen?”
“Winterberger Feldt”, diktierte sie, “Feldt mit dete.”
Brechmann legte seinen schweren Arm auf ihre zarten Schultern.
‘Ich sollte zum Krafttraining gehen’, dachte sie und hielt ihm ihre weichen Lippen entgegen.

49

Den Nachmittag hatte Brechmann vergeblich versucht, Osterwalds Privatadresse herauszubekommen. Mehrmals mußte er sich den Satz: “Bökenkröger – nein, Werner, immer noch nichts!” von Willy anhören.

Die Zeit wollte einfach nicht vergehen.

Auch unter den Astern war keine Ruhe zu finden.

Brechmann entschied sich für einen Stadtbummel.

Es wird Zeit für ein neues dänisches Hochglanzmagazin, aber wischfest, wie immer.

Am Bahnhof legte er 10,- DM auf den Tisch und sah auf seine Uhr.

15.00 Uhr.

“Werner, Werner!”

Blitzschnell verschwand das Pornoheft unter Brechmanns Hemd.

Als er aufsah, bemerkte er einen Mann, der ihm von weitem zurief und dabei wild gestikulierte.

Brechmann ging auf ihn zu.

Der Mann trug einen schwarzen Anzug, schwarze Schuhe und eine breite rote Fliege.

Ein zarter Oberlippenflaum täuschte einen Schnäuzer an. Die Haare hatte er im Stil der Fünfziger Jahre nach hinten gekämmt. In seiner Rechten hielt er eine Flasche Sekt, die teilweise von einem weißen Tuch verdeckt war.

“Mensch, Matthias, lange nicht gesehen”, grüßte Brechmann, “hast Du Geburtstag? Oder warum hast Du in dieser Hitze den feinen Fummel an?”
“Ich feier Jubiläum.”
“Was für ein Jubiläum?”
“Fünfundzwanzigstes.”
“Wie fünfundzwanzigstes?”
“Ich gehe zum 25. Mal ins gleiche Kino und in denselben Film.”
“Abgespritzt”, kombinierte der Detektiv.
“Ganz genau. Hast Du den auch schon gesehen?”
“Auf Deine Empfehlung!”
“Und?”
“Wenn es nichts gewesen wär, würdest Du doch da nicht mehr reingehen, oder?”
“Stimmt auch wieder. Hast Du Lust mitzufeiern?”
“Bei dem Film immer!”

48

Abends im Massagesalon war nur die charmante Bedienung von seinem ersten Besuch anzutreffen. Sie erkannte ihn gleich und geizte nicht mit ihren Reizen.
Brechmann konnte sein Verlangen nur mühsam zügeln.

Heute nicht, Werner, Du bist wegen anderer Dinge da.

Einen Blick auf ihren Busen ließ er sich trotzdem nicht nehmen.
“Weißt Du”, sagte sie und fuhr sich mit der Zunge über ihre Lippen, “das kostet eigentlich schon Eintritt. Aber über den Preis werden wir uns sicher einig.”
Brechmann sah sich um.
“Naja, vielleicht hast Du irgendwelche Sonderwünsche. Läßt sich alles machen. Ist nur ‘ne Frage des Preises.”
Brechmann kniff sich.
‘Er springt schon an’, dachte sie.
“Es gibt natürlich die verschiedensten Möglichkeiten. Die kannst Du nicht mal erahnen. Aber ich probiere alles mit Dir aus.”
Brechmann überlegte und schielte in Richtung Büro.
“Ah – so ist das. Im Büro vom Chef. Auf dem Schreibtisch. Na – da hat’s ja nicht einmal der Chef gewollt. Und das ist ein heißer Feger.”
“Wo hat er es denn am liebsten gewollt?”
“Naja – das ist so ein Naturliebhaber. Der hat’s am liebsten im Wald getan.”
“Womöglich, wenn Spaziergänger in der Nähe waren?”
“Nein, da kam keiner hin.”
“Wieso nicht?”
“Wir sind dann immer nach Aplerbeck gefahren. Zu

einem alten Schießstand. Da kam keiner. Alles war dicht. Nicht mal ein Spanner hätte da was gesehen. Da gab's richtige Räume. Zum Ausflippen. Die waren sogar schalldicht. Manchmal mußte der Chef nämlich richtig laut schreien, wenn er ejakulierte. Das ging ihm ganz schön auf die Stimmbänder und mir auf die Nerven. Aber wo willst Du denn hin?"

Sie verschluckte die letzten Worte und starrte dem Detektiv nach.

Brechmann verfügte trotz seiner Pfunde noch über eine erstaunliche Schnelligkeit. Mit einem geübten Satz war er in seinem Renault Alpin verschwunden. Der Motor heulte, und der Sportflitzer und Brechmann brausten davon.

Er hatte schon zuviel Zeit verloren.

Es war 21.00 Uhr.

Die Massagedame sah ihm kopfschüttelnd nach und hielt dabei ihren Ausschnitt zugeschlossen. Es ärgerte sie schon, daß sie ihre Reize umsonst zur Schau gestellt hatte.

Sie seufzte laut und brünstig und verschloß die Tür hinter sich.

Der nächste Freier kommt bestimmt, aufgepeitscht vom proletarischen Geschlechtstrieb, von der kollektiven Fleischeslust, vom dialektischen Sinnesgenuß, von der revolutionären Lüsternheit, der klassenkämpferischen, gewerkschaftsorientierten Geilheit, von der milieugeschädigten Salazität und von der antikapitalistischen, internationalistischen, solidaristischen Sünde, dachte sie. Ich muß doch diese

Studentin, die hier jobt, mal fragen, ob sie mich mitnimmt zum Ball der sozialistischen Weltjugend. Hoch die internationale Sexualität!

51

Die Dunkelheit machte ihm zu schaffen. Ab und an trat er auf einen morschen Ast, der auf dem Waldboden lag. Er mühte sich, seinen breiten Fuß möglichst lautlos aufzusetzen. Die Nacht war zwar kühl, aber er schwitzte.
Blätter und Sand unter seinen Schuhen knarrschten. Manchmal glaubte er, verfolgt zu werden. Dann drehte er sich blitzschnell um, entdeckte jedoch niemanden.
Brechmann hatte seinen Wagen in sicherer Entfernung abgestellt. Im Schutz der Nacht fühlte er sich einigermaßen sicher. Er kannte den Schießstand aus früheren Tagen recht genau.
Seine Augen hatten sich an die Dunkelheit gewöhnt.
Auch er hatte Frauen mit hierhergebracht. Das war aber fast zwanzig Jahre her. Er erinnerte sich an einen ganz bestimmten Geruch, den er mit den Frauen damals verband. Er roch ihn jetzt wieder.
Die Umrisse des Schießstandes waren nur verschwommen zu erkennen. Von weitem wirkte er

wie eine lange Mauer, die sich um ein Grundstück zog und unliebsamen Besuchern den Eingriff verwehrte.
Brechmann näherte sich der Wand und lauschte.
Nichts.
Er schlich an der Wand entlang. Irgendwie mußte er über die Mauer kommen. Sie war etwa zwei Meter hoch. An einem kleinen Hügel konnte er sie leicht überwinden. Still kauerte er sich in eine Ecke.
Er vernahm gedämpfte Stimmen, getragen von einer gewissen Nervosität. Er glaubte, Therese Tousseau-Tassé herauszuhören. Eine Tür wurde geöffnet und zugeschlagen.
Eilige Schritte verschwanden im Wald.
Dann herrschte wieder Stille.
Tödliche Stille.
Erst jetzt sah Brechmann auf. Er befand sich auf einem etwa 30 Meter langen und 5 Meter breiten ummauerten Areal. Unverkennbar war an den Längsseiten die Mauer zum Wald. Ihm gegenüber an der Querseite befand sich eine überdachte Hütte, aus der er die Stimmen vernommen hatte. Er tastete sich langsam zu diesem Gebäude vor.
Immer noch war alles ruhig.
Brechmann atmete tief durch.
Eine kleine Holzluke führte in den Schuppen. Ehe Brechmann versuchte, sie zu öffnen, lauschte er noch einmal.
Nichts.
Vorsichtig faßte Brechmann die Luke an. Sie ließ

sich mühelos öffnen, knarrte allerdings einige Male verräterisch, so daß der Detektiv noch eine gewisse Zeit abwartete.
Aus dunkelster Finsternis schlug ihm jedoch nichts entgegen. Er tastete sich langsam vor.
Im Raum selbst lag ein muffiger Schweißgeruch. 'Wie bei Muttern', dachte Brechmann. Er hielt sich neben der Wand an der Mauer auf und wartete darauf, daß seine Augen sich an die Dunkelheit gewöhnten.
Bald erkannte er die Umrisse des Raumes. Ihm gegenüber und ihm zur Seite war jeweils eine Tür. Er vermutete, daß es sich dabei um Stahltüren handelte. Die an seiner Seite führte in den Wald hinaus, die ihm gegenüber vermutlich in eine ähnliche, umschlossene Fläche, wie er sie soeben verlassen hatte.
Brechmann atmete schwer. Vergeblich bemühte er sich, lautlos zu atmen.
In einer Ecke des Raumes vernahm er ein leises Röcheln.
Brechmann erkannte eine Gestalt, die auf dem Boden lag.
Es war Tasse. Er blutete in der Magengegend.
Der Detektiv beugte sich zu ihm herunter.
Tasse schlug die Augen auf.
Er lächelte Brechmann an, zuckte noch einmal, ehe er den Weg allen Fleisches ging.
Brechmann stöhnte laut auf: "Der dritte, der den Arsch zukneift."

Die Eisentür zum Wald wurde aufgestoßen. Der Schein einer Taschenlampe traf Brechmann.
Fast im gleichen Moment wurde er von hinten gegriffen und zu Boden gerissen.
Ehe er sich versah, wurden seine Hände in Handschellen gelegt. Sein Rücken schmerzte.
Die gerade erschienenen beiden Herren verschlossen Stahltür und Holzluke.
"Ist er das?", fragte der eine. Der andere bestätigte es.
Als beide Türen verschlossen waren, wurde eine Petroleumlampe angezündet.
Brechmann spürte einen Schmerz am Steiß und sah auf.
Wie er erwartetet hatte, befand er sich in Gesellschaft der Herren Osterwald und Lodamann.
Mit Blick auf die Leiche sagte Brechmann, um etwas zu sagen: "Das wird Euch teuer zu stehen kommen."
Keine Reaktion.
Nach einer Weile sprach ihn Osterwald an.
"Wo sind die Mücken?"
"Welche Mücken?", wollte Brechmann wissen.
Lodamann schlug zu.
Seine Lippen bluteten.
Er überlegte.
"Soll's Dir auch so ergehen, wie es dem da ergangen ist?"
Osterwald wies auf den leblosen Körper von Tasse.
Brechmann reagierte nicht.
"Also, was ist los?"

Der Detektiv schwieg immer noch. 'Silence is golden', dachte er. Lodamann trat zu.
"Schon gut", sagte er schließlich, "ich kenne das Versteck – sagen wir fifty - fifty."
Osterwald lachte konservativ und wandte sich an die Bohnenstange.
"Hast Du gehört, Lodda? Fifty - fifty hat der gesagt. Nein, nein, Brechmann, entweder Du spuckst es aus oder Du hast ausgekotzt. Für immer!"
"Okay. Bringt mich um und vergrabt meine Leiche. Aber laßt mich bloß nicht hier so liegen. Nur, wie wollt Ihr dann die Beute finden?"
Lodamann entsicherte seine Pistole.
"Scheiße", dachte Brechmann, "jetzt ist es aus."
Doch Osterwald legte seine Hand auf den Revolver.
"Gut, sagen wir für jeden ein Drittel."
"Ich bin hier nicht zum Handeln hergekommen", blödelte der Fettsack, schon wieder obenauf.
Osterwald ließ die Pistole los und nickte zur Bohnenstange herüber.
"Okay, machen wir es so. Für jeden ein Drittel", gab Brechmann nach.
"Warum nicht gleich so. Jetzt brauchen wir nur noch die Beute, sonst können wir nicht teilen."
Lodamann bewunderte den Scharfsinn seines Chefs.
Brechmann überlegte fieberhaft, wie er heil aus der Sache herauskommen könnte.
Er wies auf die Handschellen.
"Nehmt mir endlich diese ollen Dinger ab!"
"Die bleiben schön drauf. Jetzt spuck endlich aus.

Wir können nicht ewig warten."
"Zuerst muß ich aber in mein Büro."
Die beiden zerrten ihn zur Stahltür. Osterwald öffnete diese und schob Brechmann vor sich her in den Wald.
Es dauerte noch einen Moment, bis der andere die Tür wieder hinter sich verschlossen hatte.
Dann ging alles ganz schnell.
Plötzlich flammten Scheinwerfer auf.
Instinktiv warf Brechmann sich zu Boden.
"Polizei! Keine falsche Bewegung! Widerstand gegen die Polizeigewalt ist zwecklos und außerdem verboten! Waffen fallenlassen und Hände hoch, ihr bösen Verbrecher! Jetzt haben wir euch nämlich. Wer zuletzt lacht, lacht am besten. Und die Besten sind immer wir. Natürlich gibt es auch bei uns schwarze Schafe. Es gibt ja immer Leute, die aus der Reihe tanzen müssen. Aber im Großen und Ganzen kann uns keiner das Wasser reichen. Schauen Sie doch einmal ... ."
Abrupt erstarb der Lautsprecher.
Es folgten heftige Diskussionen der Polizisten untereinander.
Dann bellte eine andere energischere Stimme durch das Megaphon.
"Stop. Polizei! Stop! Keine falsche Bewegung! Stop! Widerstand zwecklos! Stop! Waffen fallenlassen! Hände hoch! Stop! Ihr bösen Verbrecher."
Handsschellen schnappten zu.
Aus dem Lautsprecher ertönte die 'Winnetou-Melo-

die', gespielt vom Orchester Kurt Edelhagen, an der Posaune ... .
Die drei wurden in die grüne Minna geschoben.
Ein Arzt konnte nur noch den Tod von Tasse feststellen.
Auf dem Polizeipräsidium waren zwei der drei Herren geständig. Nur einer faselte etwas von Detektiv, Sex and Crime, und wäre Willy nicht erschienen, wäre diese Person mit Sicherheit in einem Landeskrankenhaus verschwunden.
Manchmal stimmen eben auch Verrücktheiten.
Is ja verrückt.

52

Es war fast halb vier Uhr morgens, als der Freund und Helfer Willy den stämmigen Detektiv nach Hause fuhr.
"Willy, jetzt erzähl doch mal in aller Ruhe. Warum kamen Deine Kollegen gerade rechtzeitig zum Schießstand?"
"Frau Tousseau-Tassé hat uns alarmiert."
"Was? Die hat Euch angerufen? Die steckt doch selbst dick in der Sache drin. Das war nämlich garantiert die Komplizin vom Bankraub 1967."
"Genau."

"Dann möchte ich jetzt gerne wissen, was die Euch erzählt hat."

"Werner, Du weißt ja Bescheid. Der Bankraub '67. Osterwald und Komplize rauben die Bank aus, werden aber von Tasse verfolgt. Warum? Na – weil Tasse Osterwald erkannt hat, der hat den schon bei einigen Gelegenheiten mit seiner Frau gesehen. Tasse rennt also hinterher, sieht, wie der Ganove die Kohle wegwirft und nimmt sich die Shore im Laufe des Tages. Osterwald wird geschnappt, verrät aber nicht, wer sein Komplize war und geht für einige Jährchen in den Bau. Die ganze Zeit über setzt er Tousseau-Tassé unter Druck.

Ihr Mann, Tasse, legt das Geld in der Schweiz für zwanzig Jahre fest. Was macht Osterwald, als er wieder entlassen wird? Er erpresst Tousseau-Tassé weiter und will von ihr wissen, wann das Geld wieder am Start ist. Sie kriegt mit, daß Tasse das Geld aus der Schweiz holt und alarmiert Osterwald. Allerdings weiß sie nicht, wo Tasse das Geld deponiert. Deshalb beschattet Osterwald Tasse. Ohne Erfolg. Was passiert? Er wird ungeduldig und versucht's auf seine Weise. Als erste geht die Schürmann dabei drauf. Da gab's für Osterwald nichts zu leugnen. Du weißt, dieselbe Waffe, Spuren, usw.. Davon hat Tousseau-Tassé aber nichts gewußt. 'Zuviel Wißbegierde ist ein Fehler, und aus einem Fehler können alle Laster entspringen, wenn man ihm zu sehr nachhängt. Lessing. Doktor Faust, Vorspiel.' Was passiert weiter?

Osterwald schnappt sich Tasse höchstpersönlich, nimmt ihn sozusagen in die Mangel. Erfolglos. Als sie davon erfährt, versucht sie natürlich, ihren Mann da herauszubugsieren. Da erst merkt sie, auf welches Spiel sie sich da eingelassen hat. Sie kriegt Panik. 'Gefährlich ist's, den Leu zu wecken, verderblich ist des Tigers Zahn, jedoch der schrecklichste der Schrecken, das ist der Mensch in seinem Wahn. Schiller. Lied von der Glocke V.' Jetzt merkt sie, daß Osterwald vor nichts zurückschreckt. Unter einem Vorwand schafft sie es zu entwischen und alarmiert uns."
"Und was passiert jetzt mit ihr?"
"Nichts, das ganze ist verjährt. Die wollte sogar freiwillig in den Knast gehen. 'Reue kommt langsam, aber gewiß. Sprichwort.'"
"Kann alles sein, aber ich traue dem Braten nicht. Für mich bleiben nämlich noch einige Fragen offen. 1.: Wer hat die Metz-Kapaun umgebracht?"
"Osterwald natürlich! Da bin ich ziemlich sicher. Er hat zwar ein Alibi, aber das ist bestimmt nicht hieb- und stichfest. Wir haben außerdem rausgekriegt, daß die Metz-Kapaun mit dem Tasse vor drei Wochen in der Schweiz war. Ist doch klar: zum Geld-Abholen. Und dann haben die es in ihrer Wohnung deponiert."
"Dann muß ja Osterwald das Geld haben."
"Hat der auch!"
"Und warum hat er dann Tasse noch umgebracht und nicht direkt am Donnerstagabend die Biege

gemacht? Und vor allem, warum wollte er dann mir ans Leder und von mir wissen, wo die Beute ist?"
"Bluff! Übelster, schlechtgemachter Bluff! Tasse wußte einfach zuviel, und wenn meine Kollegen nicht rechtzeitig gekommen wären, dann wärst Du auch hopps gegangen."
"Willy, glaub mir, die Sache stinkt bis zur Spitze des Fernsehturms. Wir sollten uns auf jeden Fall Montagmorgen den Osterwald nochmal vorknöpfen. Okay?"
"Na gut, wenn Du unbedingt willst. Aber ich glaube nicht, daß das noch was bringt. Hau Dich jetzt erstmal hin, daß Du heute abend beim Glaserball wieder fit bist. Ich bin um 18.00 Uhr bei Dir, bis dann."
"Aber pünktlich."
"Pünktlichkeit ist die Höflichkeit der Könige, Ludwig XVIII."

53

Wenn abends ein Auftritt der 'MOONLIGHT LOVERS' auf dem Programm stand, hielt sich Brechmann, wenn es eben ging, den ganzen Tag zur persönlichen Vorbereitung frei. Physisches und mentales Training sozusagen, Übungen für Kopf und Bauch. Er hatte lange, tief und traumlos geschlafen, da-

nach seine Haut mit einem prickelnden Schaumbad auf Vordermann gebracht (Fichtennadeln mit einem Spritzer Moschus, vermischt mit Rosmarin und Quecke).
Anschließend schlüpfte er in seinen Stagedress: eine pinkfarbene enge Hose, mit einem enormen Schlag, die von einem güldenen Gürtel an den Körper gepreßt wurde, darüber ein Rüschenhemd in lebhaftem Bleu, das glücklicherweise von einem giftgrünen Sacco zum größten Teil verdeckt wurde. Ein mächtiger Sombrero behütete den weiten, weisen Schädel. Eine kackbraune Fliege und pißgelbe Schuhe komplettierten das Outfit des Musikers. Jeder Kleinstadtherrenausstatter hätte mit dieser Kollektion den Sprung in die glitzernde Welt der internationalen Haute Couture geschafft oder wäre mit Schimpf und Schande aus der Stadt geprügelt worden. So gekleidet, ließ sich der Detektiv zu einem üppigen Frühstück nieder.
Anschließend ein paar Fingerübungen auf der Quetschkommode, um geschmeidig zu bleiben.
Dann setzte er sich hin und las ein gutes Buch: Wörterbuch der marxistisch-leninistischen Soziologie. Er wollte der süßen, rothaarigen Maus auf dem 'Ball der sozialistischen Weltjugend' gehörig imponieren.
Punkt 18.00 Uhr stand Willy auf der Matte.
Bleich, übernächtigt, mit Ringen unter den Augen, aber gut rasiert und adrett gekleidet im Dress der 'MOONLIGHT LOVERS'.

“Willy, wie siehst Du denn aus? Hattest Du nicht frei heute?”
“Ach, laß mich doch in Ruhe!”
“Weiß schon Bescheid, hast wohl wieder Freund und Helfer gespielt.”
Es kam oft vor, daß Willy Mitmenschen, die offensichtlich zu tief ins Glas geschaut hatten und sich ans Steuer ihres Wagens setzen wollten, kurzerhand in ihrem eigenen PKW nach Hause chauffierte. Dann brauchten sie am nächsten Morgen nicht extra wieder in die Stadt zurück. Häufig passierte es dann, daß er sich in den entlegensten Vororten wiederfand und die undankbaren Autobesitzer wortlos in ihrem Haus verschwanden und vergaßen, ihm ein Taxi zu bestellen und er auf diese Weise zu ausgedehnten Nachtwanderungen gezwungen war. Aber trotzdem wurde er nicht ärgerlich oder mutlos und glaubte weiter an das Gute im Menschen.
“Wie weit mußtest Du denn heute laufen”, fragte Brechmann süffisant.
“Von Persebeck bis in die Stadt – anderthalb Stunden.”
“Junge, warum rufst Du Dir kein Taxi?”
“‘Wer recht in Freuden wandern will, der geh der Sonn entgegen. Geibel, Morgenwanderung.’ Außerdem hab ich die Brieftasche in meinem Auto liegengelassen, die Telefonzellen waren sowieso alle kaputt, und in diese Gegend verirrt sich doch freiwillig keine Droschke. Und Schwarzfahren mit dem Frühbus ist ja schließlich verboten. Um acht Uhr

war ich im Bett, um halb neun fing der Nachbar an, den Rasen zu mähen."
"Macht nichts, Willy, dann werde ich heute mal verschärft den Laden schmeißen. Auf geht's."
Samstagabend im Übungsraum der Firma 'Gierßen 2000'. Es war kurz vor Mitternacht. Im großen und ganzen war der Abend bisher recht friedlich und harmonisch verlaufen. Zwar hatte es einige Situationen gegeben, von denen der Gastgeber Hamms Gierßen etwas unangenehm berührt war, doch zähneknirschend hatte er alle Späße mitgemacht, weil er sich seine gute Laune nicht verderben lassen wollte. Die Stimmung war prächtig, und die Gäste ausgelassen und übermütig.
Gleich zu Beginn des Abends hatte es das erste Malheur gegeben, als die Musiker ihre Gesangsanlage aufbauen wollten. Als Brechmann und Bökenkröger die Verstärkeranlage in den Saal schleppten, waren sie dummerweise gleich mit einer teuren Kristallglasscheibe kollidiert und hatten eine ordentliche Ecke des sündhaft teuren Materials weggeschranzt. Natürlich hatten beide sofort versucht, dieses kleine Mißgeschick zu beheben – Werner hatte sich vorsorglich und weitblickend einige Tuben Glaskleber eingesteckt – aber Herr Gierßen hatte sie bei diesem Puzzelspiel entdeckt, jedoch nur großzügig, allerdings mit einem schiefen Lächeln gesagt: "Schwamm drüber, meine Herren, sowas kann doch jedem mal passieren. Klarer Fall für die Versicherung. Bauen sie zügig ihre Anlage

auf, in 15 Minuten kommen die Gäste, und die wollen wir doch mit einem flotten Marsch empfangen, nech?"
Der zweite bedauerliche Vorfall ereignete sich kurz nach 22.00 Uhr. Wie immer stand um Punkt 10.00 Uhr ein flotter Rock'n Roll auf dem Programm der 'Moonlight Lovers'. Werner, inzwischen locker geworden durch mittlerweile 12 Biere und etwa 5-6 Kurze (Kommentar Willy: Eine Musikantenkehle, die ist als wie ein Loch, Emanuel Geibel, 1840) griff mächtig in die Tasten. Rock around the Clock war einer seiner Lieblingstitel, auch wenn es ein engliches Stück war. Jetzt drehten auch die eingeladenen Besucher auf, aber so richtig. Kalle, der Altgeselle bei der Firma Gierßen, wurde so feurig, daß er seiner Tanzpartnerin Jeannette, der Frau des Chefs, mal zeigen wollte, was ein richtiger Rock'n Roller ist. Nach anfänglichen zaghaften Versuchen machte er immer tollere Kunststücke mit ihr. Brechmann beobachtete diese Kapriolen und zog sofort das Tempo an. Zuletzt war der muntere Altgeselle dermaßen aufgeputscht von der heißen Musik, daß er die Chefin so wild durch die Luft wirbelte, daß ihre Füße gar nicht mehr den Tanzboden berührten. Dummerweise hatte sie an ihren zierlichen Füßchen Schuhe, die zwar sehr gut zu ihrem Kleid paßten und auch zum Tanzen äußerst geeignet waren, leider jedoch schon etwas ausgelatscht und breitgetreten waren.
Rein physikalisch gesehen, war die Zentrifugalkraft

Schuld daran, daß sich diese Latschen in zwei Geschosse verwandelten, wovon eines eine Butzenscheibe zu Bruch gehen ließ, und das andere ein Mitglied des Partyservices "Saus und Braus" niederstreckte.
Nachdem die Sache notdürftig behoben war und der Kellner mit einem Hunderter extra versöhnt war, kam Hamms Gierßen zur Bühne und bat die Band, nun doch um einige Takte langsamer zu spielen. "Schieberrumba, langsamer Walzer und so weiter, nech?"
Einmal wurde es dann noch etwas turbulent, als Brechmann einen kleinen Gag machen wollte. Im Anschluß an das Lied "Griechischer Wein" prostete er den Zuhörern mit seinem inzwischen 19. Bier zu und warf das Glas dann schwungvoll hinter sich an die Wand. Das hatte er schon einmal in einem Fernsehfilm über eine griechische Hochzeit gesehen. Zum Leidwesen des Gastgebers begriffen die Eingeladenen dieses lustige Spiel und machten eifrig mit. Glücklicherweise wurde niemand ernstlich verletzt. Auch die Glasscheiben, die als Raumteiler dienten, blieben größtenteils im Rahmen. Daran änderten auch die etlichen Sprünge und Risse nichts.
Nun war es also kurz vor Mitternacht. Das Buffet zur Geisterstunde wurde von Gierßen zur Plünderung freigegeben. Werner füllte sich Lachs, Hähnchenkeulen, zwei Kottellets, vier Frikadellen, etliche Salate auf seinen Teller. "Als Vorspeise nicht schlecht",

urteilte er. “Und immer schön mit einem Körnchen nachspülen”.
Fünfmal trieb der Hunger den Bandleader zu den kalten Platten. Zum Schluß verwöhnte er sich noch mit diversen Puddingcremes und einem dicken Stück Käse. Das war nach Brechmanns Geschmack. Mit Willy besprach er die Route, die die Polonaise nehmen sollte.
“Meinst Du wirklich, wir sollten überhaupt eine Polonaise veranstalten? Guck dir doch mal die Leute an! Die können sich doch kaum noch auf den Pinnen halten. Das geht im Leben nicht gut.” Brechmann war begeistert. Während der vernünftige Willy sein 4. Fläschchen Mineralwasser öffnete (er mußte fahren – wie immer), entschied Brechmann, daß die Schose durchgezogen wird.
“Erstens habe ich das mit dem Chef hier abgemacht und zweitens brauche ich selbst ein wenig Bewegung. Laß uns zum Abschluß noch einmal richtig auf die Kacke hauen.”
Werners Stimme war schon etwas schwer.

55

Sonntagmorgen, 11.30 Uhr. Rauf, runter, rauf, runter, rauf, runter.
Brechmann machte seine Übungen zwanzig Mal! Dann kam das andere Augenlid an die Reihe. Aber als er beide Augen gleichzeitig öffnete, schaffte er es nicht, seine Blicke zu koordinieren. Nur unscharf und verschwommen nahm er die Einrichtung seines Schlafzimmers wahr.
“Du liebe Scheiße, nur nicht bewegen! Auf gar keinen Fall irgendein Glied rühren!”
Einige Minuten blieb er völlig regungslos liegen. In seinem Kopf nahm jemand einen riesigen Preßluftbohrer in Betrieb und versuchte, seine Schädeldekke zu spalten. Seine Kehle war ausgedörrt, seine Zunge pelzig, im Mund ein Geschmack, als hätte er eine tote Maus gegessen.
“Ach du große, dreimal ins Knie gefickte Hurenscheiße! Was war denn gestern abend nur wieder los?”
Er bemühte sich, die Ereignisse des vorangegangenen Abends ins Gedächtnis zurückzurufen. Irgendwie war es doch recht lustig zugegangen. Bis zum Mitternachtsbuffet kriegte er auch noch alles in die Reihe. Doch dann hatten die verfluchten Schnäpse zu wirken begonnen, und von diesem Zeitpunkt an war seine Erinnerung äußerst lückenhaft.
Die Polonaise war an sich ganz normal verlaufen. Natürlich war hinterher nichts mehr heil gewesen im

Festsaal. Irgendjemand hatte immer gerufen: “Polterabend” und “Scherben bringen Glück” und andere Sprüche in der Art.
Ich glaube, ich selbst habe das geschrien, dämmerte es Brechmann.
Ganz vage hatte er vor Augen, daß Hamms Gierßen einer der ersten war, der Bierkrüge an die Oberlichter pfefferte. Der hatte irgendwann völlig die Nerven verloren. Als guter Gastgeber hatte auch er sich dem Zerstörungstrieb hemmungslos hingegeben.
Es war Brechmann so, als wenn später – das Werk der Vernichtung war beendet, Getränke wurden nur in Pappbechern gereicht – eine Streifenwagenbesatzung aufgetaucht war, alarmiert von besorgten Anwohnern.
“Willy wird sie wohl beruhigt haben”, dachte Brechmann.
An weitere Ereignisse konnte er sich beim besten Willen nicht mehr erinnern. Er hatte keinen blassen Schimmer, wie, wann, und mit wem er nach Hause gekommen war.
Eine Zeitlang starrte er die Zimmerdecke an. Nach und nach wurden auch seine Geruchssinne aktiv.
“Ekelhaft”, dachte er. “Ich muß unbedingt mal durchlüften. Richtig Durchzug.”
Irgendwann faßte er den heroischen Entschluß, seinen Körper allmählich in Bewegung zu setzen. Nicht zuletzt der ungeheure Druck auf der Blase bestärkte ihn bei diesem Vorhaben.

“So-Mo-Ri-Pi-La” fiel ihm ein, als er an sich herunterschaute. “Sonntagmorgenriesenpißlatte.”
Natürlich hatte er es auch nicht geschafft, sich seiner Kleider zu entledigen. Eine riesige Erektion beulte seine schicke pinkfarbene Hose gewaltig aus.
“Warum wird der Scheißschniepel nur bei anderen Gelegenheiten nicht so groß?” fuhr es ihm durch den Kopf. “Zum Beispiel heute abend, wenn ich mich mit der kleinen Rothaarigen, wie hieß sie doch gleich..., ach egal, auf diesem Kommunistenball treffe. Hoffentlich bin ich bis dahin wieder richtig fit. Toi, toi, toi!”
Als er ganz langsam versuchte, in die Senkrechte zu kommen, fiel sein Blick auf die Quelle des üblen Geruchs in seinem Zimmer. Brechmann hatte seinem Namen wieder einmal alle Ehre gemacht. Ein riesiger Fleck von unverdauten Frikadellen, Kartoffelsalat, Lachsbrötchen und anderen Leckereien breitete sich vor seinem Bett aus.
“Zum Glück ist nichts an das Bettzeug gekommen”, bemerkte er erleichtert. “Ich hätte um’s Verrecken keine Lust gehabt, meine alte Dame anzurufen, damit sie meine Pritsche frisch bezieht.”
Die Kotze vor der Koje würde er schon irgendwie allein beseitigen können. Darin hatte er im Laufe der Zeit eine gewisse Fertigkeit und Routine bekommen.
“Spuren sichern”, hatten sie das auf der Polizeischule genannt.

56

Montagmorgen.
Willy und Brechmann auf dem Weg zum Untersuchungsgefängnis.
“Erzähl doch mal, Werner, wie war’s gestern abend auf dem Kommunistentreff?”
“Fang nur nicht mit denen an.”
“Wie hat’s denn geklappt mit Deiner neuen Freundin – wie hieß die noch?”
“Bettina – was gestern abend war, weiß ich nicht mehr so genau. Die saufen ja wie die Kesselflicker. – Heute morgen hat sie nur gesagt: ‘Es war nicht einfach heut nacht’, und ‘Das ist Dir aber mißlungen, das mit Deinem stinknormalen Gehänge’.”
“ ‘Was die Weiber lieben und hassen, das wollen wir ihnen gelten lassen; wenn sie aber urteilen und meinen, dann will’s oft wunderlich erscheinen. Goethe. Sprüche in Reimen’.”
Mit dieser Art von Plauderei vertrieben sie sich die Zeit, bis sie am Polizeipräsidium ankamen.
Dank Willys Beziehungen konnten sie sofort Osterwald in seiner Zelle besuchen.
Osterwald hatte seit Freitagabend seine Kleider nicht mehr gewechselt, war unrasiert. Überhaupt war er nur ein Schatten seiner selbst.
“Warum hast Du Tasse umgebracht?” legte Brechmann gleich los.
“Nerven verloren.”
“Warum die Schürmann?”

“Betriebsunfall.”
“Und die Metz-Kapaun?”
“Zum x-ten Mal, die kenn ich nicht.”
“Red keine Scheiße – warum?”
“Zum 100sten Mal. Es gibt genug Leute, die mich am Donnerstagabend in meinem Massagesalon gesehen haben.”
“Weiter geht’s. Wer war Dein Komplize beim Bankraub ’67?”
“Vergessen.”
“Tousseau-Tassé?”
“Nie gehört!”
“Na – jetzt spuck’s schon aus. Wir wissen’s doch. Du hast die doch die ganze Zeit erpreßt.”
“Was erpreßt? Die – das hatte ich doch gar nicht nötig. Die – die hatte doch die Idee. Die ist doch voll auf mich abgefahren – was ich mit der alles getrieben habe – könnt Ihr Euch gar nicht vorstellen – wenn ich nur an die Stöckelschuhnummer denke – die wollte die immer wieder – nur so ging’s bei der. In Stöckelschuhen mußte ich rumlaufen und es ihr dann von hinten besorgenund nur dann ging bei ihr die Post ab – von wegen erpressen. Ich hab doch die Beute von damals längst abgeschrieben gehabt, und dann kam die doch und redete ständig von der Beute, und daß die wieder da ist – erpreßt – also nee!”
Brechmann stutzte.

Da war doch was, Werner, Mensch da war doch was, da kommst Du drauf.

So grübelte der Detektiv weiter vor sich hin, während Willy halbherzig das Verhör weiterführte.
Plötzlich – wie elektrisiert – sprang Brechmann auf. "Komm Willy, ich hab's. Wir müssen los. Schwing die Hufe. Sonst ist die Beute weg. Ich blick endlich voll durch."

57

Willy fragte sich, ob ihm das Sprinttraining überhaupt etwas nützte. Er hatte sichtliche Mühe, mit dem fettleibigen Detektiv auch nur annähernd Schritt zu halten. Während der Wärter, der Osterwald wieder einzusperren hatte, fast plattgetreten wurde, konnten sich alle übrigen, die auf den langen Gängen herumspazierten, vor dem heranstürmenden Ungeheuer und dem dahinter trippelnden Willy gerade noch retten.
Brechmann dauerte alles zu lange.
Willy mußte zunächst umständlich eine Sicherheitsanlage ausschalten. Nur so, meinte Willy, habe ein Autodieb keine Chance.

Erst dann konnte Brechmann sich auf den Beifahrersitz werfen.
Willy startete seinen Audi 80.
“Wohin willst Du überhaupt?” fragte er.
“Mensch, gib Gas!”
“Herrgott – welche Richtung?”
“Ach so – zu Tousseau-Tassé!”
“Was willste denn von der?”
“Die Stöckelschuhe – die Stöckelschuhe haben mich drauf gebracht. Ich habe nämlich auch Stökkelschuhe gesehen in letzter Zeit – und rate mal bei wem?”
“Keine Ahnung.”
“Mensch, bei Baach!”
“Na und? Die waren vielleicht von seiner Frau!”
“Also – erstens ist der Witwer, und zweitens war seine Verblichene fast so hoch wie der Funkturm, also mindestens einen Kopf größer als er – die trägt keine Stöckelschuhe – mit zehn Zentimeter Absatz wär die ja noch höher – nee, Stöckelschuhe trägt die nicht ...”
“Also meinst Du, die beiden hätten das alles arrangiert.”
“Klar, ich bin mir hundertprozentig sicher. Und jetzt werden wir uns Madame mal vorknüpfen. Wenn sie es nicht rausspuckt, dann kann sie die nächsten Wochen aus der Schnabeltasse essen. Mich alten, gewieften Detektiv so hinter's Licht zu führen.”
Mit quietschenden Reifen hielten sie vor Tasses Haus an.

Niemand da.
"Der Vogel ist schon ausgeflogen", kombinierte Brechmann, "los weiter zu Baach!"
Aber auch bei Baach war niemand da.
"Verdammte Scheiße – wo stecken die beiden nur. Komm weiter Willy, zur Sparkassenzweigstelle – da kommt er fast jeden Morgen vorbei und holt sich die Aktienkurse."
Brechmann und Bökenkröger stürmten in die Filiale.
"Bon soir, Herr Kommissar!" rief die muntere Bankangestellte.
Willy war geschmeichelt.
"Hat sich was mit Kommissar! War der Baach heute schon hier?" schnaubte Brechmann.
"Nein – aber ich kann mal die anderen fragen: Hört mal, war der alte Hippo schon da?"
"Was sagten Sie da gerade?"
"Hippo. Der Alte hat doch so 'n Spleen, der sammelt Nilpferde, und die nennt man doch wissenschaftlich Hippopotamidae. Deshalb der Spitzname."
"Willy, setz sofort Deinen Apparat in Gang, Name und Personenbeschreibung von Baach und Tousseau-Tassé, alle Flughäfen etc. Du weißt schon. Hoffentlich ist es noch nicht zu spät."

“Frau Therese Tousseau-Tassé hat von Anfang an alle Fäden in der Hand gehabt.”
Brechmann und Willy saßen in einem Café im Kreuzviertel, vor sich auf dem Tisch die Reste eines opulenten Frühstücks.
“Ich erzähl Dir, wie es von Anfang an war.”
Der Detektiv lehnte sich zurück, rülpste laut und deutlich und öffnete den obersten Knopf seiner Hose.
Dann legte er los.
“Ich denke, daß sie damals schon den Banküberfall vorbereitet und geplant hat. Als Komplizen hat sie sich den Osterwald auserkoren. Ich weiß auch nicht, wo sie den aufgetrieben hat, ist ja auch egal. Ich glaube, daß auch unser Freund Baach schon damals in ihre Pläne eingeweiht war, das spielt aber nicht so eine große Rolle. Wahrscheinlich hatte sie damals schon von ihrem Göttergatten die Schnauze voll und wollte sich mit der Kohle und Baach ein schönes neues Leben machen. Na ja, das Ding ging ja in die Hose. Pikanterweise kommt aber gerade Tasse, dieser alte Trottel, an das Geld. Als echter Bankfachmann legt er es erstmal für eine gewisse Zeit in der Schweiz fest und läßt Gras über die Sache wachsen.
Für unsere Freundin fängt nun die Zeit des Wartens an. Osterwald hatte sie zum Glück nicht verraten. Sie kann die Ehe ganz normal mit Borg Tasse weiter-

laufen lassen, pflegt aber ihr Verhältnis zu Baach. Dann nach einigen Jahren – 20 genau –, kriegt sie spitz, daß ihr Mann das Geld aus der Schweiz zurückholt. Wahrscheinlich hat sich der Betrag inzwischen verdreifacht. Zinsen und so weiter. Dummerweise bringt er das Geld aber nicht nach Hause, sondern deponiert es irgendwo. Sie kann aber nicht herauskriegen, wo. Da fällt ihr wieder der alte Osterwald ein. Der wird eingeweiht. Schätze, sie verspricht ihm halbe halbe oder sechzig fünfzig oder so. Osterwald läßt nun Tasse auf Schritt und Tritt überwachen. Irgendwann muß der ihn doch mal zu dem Geld führen. Aber Tasse ist schlau. Er kommt zu mir. Der berühmte Detektiv, Werner Brechmann, tritt in Aktion."

" 'Eigenlob stinkt, Freundeslob hinkt, Feindeslob klingt. Sprichwort.' ", murmelte Willy.

"Ich tappe zunächst im Dunkeln. Osterwald tappt ebenfalls im Dunkeln. Er vermutet, daß die Schürmann mit drinsteckt. Sie bezahlt die Vermutung mit dem Leben."

"Weshalb hat der die denn überhaupt umgebracht?"

"Tasse und Schürmann hatten doch vor zwanzig Jahren ein Verhältnis. Vermutlich hat Therese Osterwald auf diese Spur gebracht. Das Dumme war nur, die Schürmann wußte wirklich nichts von dem Geld, und da hat der Gauner die Nerven verloren. Kleiner Betriebsunfall. Zeitweise hat der doch sogar gedacht, ich hätte das Geld. Er durchstöbert meine

Wohnung, findet aber nichts und läßt mich zum Glück am Leben.
Irgendwann kommt Frau Tousseau-Tassé eine teuflische Idee. Wenn sie es clever anstellt, kann sie alle Beteiligten mit einer Klappe schlagen. Osterwald muß Tasse entführen und einige Tage festhalten. Sie ahnt inzwischen, wo das Geld ist. Bei Waldi Metz-Kapaun, der letzten Geliebten von Tasse.
Während Osterwald mit Tasse beschäftigt ist, versucht sie, der Metz-Kapaun die Kohle abzuluchsen. Dann macht aber der alte Baach einen Fehler. Er erzählt mir nämlich von dieser Dame und bringt sich und Therese dadurch selbst in Zugzwang. Denn, wenn sich Werner Brechmann die Metz-Kapaun vornimmt, dann hat sie keine Chance und er die Kohle. Aus der Traum von dem großen Geld für die beiden. Also muß der alte Baach los und die Knete von Tasses Schätzchen holen. Irgendwie.
Irgendwie holt er sie auch – Aus für Waldi."
"Du meinst, Baach hat also die Metz-Kapaun umgebracht?"
"Natürlich. Auf diese Chance haben sie doch zwanzig Jahre gewartet.
Nilpferde, das sind nicht diese langsamen, behäbigen Tiere. Nein, sie sind fit auf die Minute. Ihre Geduld – wissen Sie – Nilpferde können jahrelang warten, und plötzlich sind sie da – wissen Sie – genau zum richtigen Zeitpunkt.
Originalzitat von Baach, dem alten Nilpferdesammler.

Tousseau-Tassé sagt Osterwald natürlich nichts von der Beute. Sie bringt ihn sogar noch dazu, ihrem Gatten das Licht auszupusten. Raffiniert, wie sie ist, sorgt sie noch dafür, daß die Polizei Osterwald und Co. auch bei der Leiche findet. Sie mimt die trauernde Witwe. Nun ist sie doch wirklich fein raus. Ihr Mann ist tot, und Osterwald wandert wieder einmal in den Knast. Sie ist frei, hat ein Vermögen und macht sich mit Baach aus dem Staub. Der Dumme ist wieder einmal Freund Osterwald."
"Ein Dummkopf bleibt ein Dummkopf nur für sich in Feld und Haus. Doch wenn Du ihn zum Einfluß bringst, so wird ein Schurke draus. Grillparzer."

59

Er lehnte sich zurück. Ein Lächeln lag auf seinen Lippen. Der Schaukelstuhl wiegte hin und her. Brechmann machte einen Zug aus seiner Dose Bier und schloß dabei seine graublauen Augen.

Das ist es, Werner Brechmann, das ist es. Das und nichts anderes. Einfach nur im Schaukelstuhl sitzen, Werner Brechmann, und an nichts anderes denken,

als Deine Dose Bier zu trinken, und wie selbstverständlich zu schlucken. Die Augen zu schließen, weil Dir danach ist, und sie nicht bis aufs Letzte gespannt offen halten, damit Dir nichts entgeht.
Du warst doch wieder der einzige, der den Durchblick hatte. Kein anderer hätte bei dem Wort 'Stökkelschuhe' so schnell geschaltet. Baach ist tatsächlich im Haus von Metz-Kapaun gesehen worden zur Tatzeit. Willys Kollegen haben das schnell herausgekriegt.
Wahrscheinlich liegen der Alte und Therese jetzt irgendwo in der Südsee herum. Die sind aus dem gröbsten raus und lachen sich eins ins Fäustchen.
Mensch, Werner, es gibt doch keine Gerechtigkeit mehr auf der Welt, normalerweise müßtest Du jetzt unter Palmen liegen und Dir von dunkelhäutigen Schönheiten die Eier kraulen lassen.

Sein Magen verspürte das Verlangen zu knurren, und seine Zunge benetzte die trockenen Lippen.
Er genoß einen weiteren Schluck.
Die Dose schmeckt mit.
Und zwar gut.
Im Hintergrund schaltete sich der Cassettenrecorder an und verbreitete Musik.
Tony Marshall sang, was er nur konnte.

Das ist es, Werner Brechmann, das ist das wahre Glück.
Das Glück im Schaukelstuhl, nicht in der Südsee.

Jetzt spürte er ihn wieder. Diesen bestimmten Druck auf der Blase. Dieses Verlangen seines Schwanzes zu pinkeln. Dieses penetrante Verlangen, das ihn aus den schönsten Träumen so erbarmungslos herausreißen wollte.

Bleib sitzen, Werner Brechmann, bleib sitzen, weil es so wohlig ist, zu wohlig ist. Hosen hast Du noch genug, und wer weiß schon, wie es Dir geht, wenn Du erst aufgestanden bist.

Er entspannte sich am ganzen Körper und besonders in der Lendengegend.

FREIE BAHN FÜR DIE BLASE!

FÜHL' MICH SO LEER...
SO ALLE...

ECHT FERTICH...

KOMM, HÖR AUF! ICH SPRÜH DIR EIN

GRAFFITI!
DA KUKSE WA!
KAPE